Albena Dimitrova

Wiedersehen in Paris

Ihr persönliches Leseexemplar!

Bitte keine Rezensionen vor dem 29. Januar 2016

Quartbuch

Albena Dimitrova

Wiedersehen in PARIS

ROMAN

Aus dem Französischen von Nicola Denis

Verlag Klaus Wagenbach Berlin

Zigeunermusik ist für mich wie ein Opium,
das ich bitter nötig habe.
Franz Liszt

Die ganze Arzneikunst wird also durch die Liebe regiert.
Ebenso aber auch die Gymnastik und der Landbau.
Platon, Das Gastmahl

Früher gab es das nicht, dass eine Regierung
ihre »Jasager« ausschalten musste.
Hannah Arendt

Die Bezeichnung »Zigeuner« ist in Bulgarien und Frankreich gebräuchlich. Ihre Verwendung in diesem Buch ist der Originaltreue geschuldet und eine Herabsetzung der betroffenen Gruppe in keiner Weise intendiert.

Für Vladimir

»Hat er denn wirklich Französisch gesprochen, und gut?
– Ja das hat er, glaube ich jedenfalls …«

Wie kann man etwas gleichzeitig überprüfen und glauben? Ich habe in dieser Sprache nie ein Wort mit ihm gewechselt. Dabei waren wir doch in Paris zu einem ersten Abendessen auf Französisch verabredet.

Immer noch dieselbe, die Musik läuft und läuft. Ich weiß nicht, wie ich sie anhalten soll. Der Klang setzt sich fest. Das glatte Meer hinter dem großen Glasfenster ist zu still, um ihn zu überdecken. Schon seit einer Weile verharrt ein kleines geflügeltes Insekt reglos auf der Scheibe. Ich hatte seine Landung registriert, während ich nach dem Ursprung des Klangs suchte. Allmählich löst sich der Umriss in einen dunklen Fleck auf, und ich weiß nicht mehr, ob er innen oder außen ist. Ich schließe das Fenster, der kleine schwarze Fleck ist nicht mehr zu sehen, der Klang jedoch hält an, dringt durch die Wände mit gleichmäßiger Frequenz und sickert in den ganzen Körper wie eine klangliche Ausdünstung.

Die Doppelakkorde von Beethovens Fünfter erklingen. Alle Streicher zusammen. Wie früher, ein verschwindend kurzer Augenblick, je nach Dirigent zwischen vier und acht Sekunden. Bei Karajan hatten wir sie gezählt, sechs Sekunden, eine Pause, und alles mischt sich. Trompeten, Oboen, Bratschen, Pauken fallen ein, lösen sich ab, verstummen. Dieselbe Musik, die Guéo in den alten Kassettenrekorder einlegte, die Reversetaste niederge-

drückt. Das Tonband lief und übertönte die Geräusche, die wir machten. Unser Atmen, das Rascheln der Decken, meilenweit von Paris entfernt. Er streichelte mich, weil er mich anders nicht lieben konnte, wir waren nicht alleine im Zimmer. Ich kam, er erstrahlte in der Nacht, und Beethoven lief immer weiter. Wer nur dirigierte uns in diesen Nächten?

Sobald Guéo und ich verschwanden, schwand auch unsere Wachsamkeit und bewertete die verschiedenen Signale täglich anders. Das Dunkel wich dem schwachen Schein des Sichtbaren, Unterirdisches gelangte an die Erdoberfläche. Alles war hell, durchsichtig, es gab nichts zu überwachen, und gerade dieses *Überwachungsvakuum* rief nach permanenter Überwachung. Die Geheimdienste lagen auf der Lauer. Die von seiner Frau, der netten Tochter des Oberbefehlshabers der sowjetischen Streitkräfte, ausgesandten Russen; außerdem die Syrer, die Jemeniten, seine Kollegen aus dem Politbüro und bald auch die Freunde, die Reformer.

Manche Tage waren besonders kompliziert. In dem mit entgeisterten Parteimitgliedern überfüllten Kongresssaal wartete das Politbüro vergeblich auf Guéo. Er sollte sein Gutachten über die lebenswichtige Reform des Kommunismus vorlegen. Seit Monaten hatte er daran gearbeitet.

Am Vorabend der Präsentation war Guéo mit einem Exemplar des maschinengeschriebenen Schriftstücks zu mir gekommen. Er las es wieder und wieder. Er lief durch den kleinen Gang zwischen Küche und Schlafzimmer. Ich hörte seine Schritte. Er ging auf und ab, blieb manchmal stehen und atmete tief durch, bevor er noch schneller wieder loslief. Er steckte sich eine Zigarette nach der anderen an, hustete und fluchte, in Rage. Er war spät in der Nacht ins Bett gekommen, hatte im Dunklen nach seinen Schlaftabletten gesucht, etwas umgeworfen und mir dann, als er sah, dass ihm meine Blicke folgten, zugelächelt. »Das ist jetzt alles vorbei.«

Frühmorgens hatte er das Papier in die Innentasche seiner Jacke gesteckt. Ich musste zur Schule, aber die Klingel des Gymnasiums blieb ungehört. Aus meinen geraden Bahnen wurden Schlangenlinien. Jeder von uns hatte auf seine Weise ein merkwürdiges Gefühl, als wir uns an diesem Morgen voneinander verabschiedeten. Wir folgten unseren gewohnten Wegen, aber unterwegs änderten sie sich. Wir gingen unseren Pflichten nach, aber sie wirkten schon jetzt künstlich.

Draußen hatte ich das Gefühl, in einer Scheinwelt zu stehen. Der Tag begann wie immer, aber ich erkannte ihn nicht wieder. Auf der Straße in Richtung Schule wirkte alles verlogen. Ringsum Verkehrsgeräusche, ein unerträglicher Krach wie aus einer fernen Welt, in der mit Geschrei und Getöse jener Dämon vertrieben wurde, den man bei jeder Sonnenfinsternis verdächtigte, die Sonne anzugreifen.

Vor dem Gymnasium machte ich plötzlich kehrt. Eilig ging ich denselben Weg wieder zurück. Die Tasche über meiner Schulter war schwer und schnitt ein. Ich beugte mich vor, um wieder ins Gleichgewicht zu kommen, hüpfte, um die Last optimal zu verteilen. In der Tasche meine Schulbücher voll fälschungssicherer Theorien. Ich ging schneller, wollte dringend nach Hause. Ich fing an zu laufen, als hätte ich nicht genügend Zeit. Gerade rechtzeitig kam ich zum Haus, genau in dem Moment, als Guéo die Tür aufmachte.

Das Gutachten über die Erneuerung des Kommunismus blieb, innen in seine Jacke gerollt, im Flur. Ich warf meine Schultasche daneben. Wir lachten über unsere beiden Kehrtwendungen. Fanden wieder ein ruhiges und mögliches Hier.

Nackt ausgestreckt liegen wir da. Mit geschlossenen Augen spüre ich Guéos Atem auf meinem Gesicht. Er betrachtet meine Lider aus der Nähe. Er liest aus ihren Linien kleine geheime Nachrichten. Guéo hat seine Theorie dazu:

»Diese Linien sind dafür gedacht, dass jemand anders sie liest. Es sind die einzigen Linien des Körpers, die man selbst nicht sehen kann. Deshalb hat der liebe Gott uns zu zweit gemacht.«

Ich muss lachen.

»Lach nicht, ich meine das ernst. Die Augen des anderen müssen sich darüber beugen, um ihre Geheimnisse zu lesen, sonst wirst du nie wissen, was sie sagen.

- Und was sagen sie?

- Sie sagen, dass Seegrün wunderbar zu deinen Augen passt.

- … «

Ich spiele die Enttäuschte. Habe Spaß daran, kann stundenlang so turteln. Unsere Stimmen sind kaum hörbar, um den Augenblick nicht zu verscheuchen.

»Sie sagen auch …«

Er runzelt leicht die Stirn und atmet langsam den Zigarettenrauch aus. Er stellt meine Geduld auf die Probe, weiß, dass ich warte. Ich mag den Klang der Laute hinter den Dämpfern seiner Kehle.

»Ja …?

- Sie sagen, dass Vogelkinder unter ihren nassen Daunen winzige Körper haben.

- Aber warum sind sie nass?

- Der Regen hat sie mit nassem Wind abgeleckt.

- Und warum haben sie keinen Schutz gesucht?

- Weil sie zu gerne über das offene Meer fliegen würden.

- Warum fahren sie dann nicht aufs Meer hinaus?

- Sie können es nicht, aber hinter dem Regen sehen sie das Meer. Bei jedem herabfallenden Tropfen zählen sie die Wellen.«

Wie ein Analphabet bei seinen ersten Leseversuchen fährt er über die Linien meiner Augenlider. Dann wandern seine Fingerkuppen langsam bis zu meinem Hals hinab, zeichnen meinen Nacken nach, verweilen auf den Schultern, kehren zu meinem Mund zurück. Der Rauch seiner Zigarette steigt mir in die Nase. Ich rühre mich nicht. Er küsst mich mit seinen Lippen, mit seinen Händen lässt er mich kommen, sein Glied ist schlaff von den Antidepressiva, den Elektroschocks, vom Alkohol und der Verzweiflung. Er dreht mich auf den Bauch, streicht mir über den Rücken, überzieht mich mit Liebkosungen und überschüttet meine Haut mit sämtlichen Orpheus'schen Stimmen. Ich bin siebzehn, er über fünfundfünfzig.

Sie waren am nächsten Tag gekommen. Drei Männer, höflich und wortkarg.

Sie stellten sich vor, als ich die Tür aufmachte:

»Wir sollen hier etwas überprüfen.«

Sie streiften die Küchenregale, betraten dann das Schlafzimmer und hoben die auf dem Boden und überall zwischen Bett und Fenstern verteilten Bücherstapel hoch. Ich hasse Bücherregale, diktatorisch in ihrer Aneinanderreihung verzerrter Schreie; Lebensgeschichten, aufgeräumt wie einfache Akten. Für mich unmöglich, ich kann sie nur auf dem Boden liegen lassen und in meinem Kopf stapeln, wie sie kommen.

Einer der drei Männer rührt gar nichts an. Er steht mir unverwandt gegenüber. Mit den Augen überfliegt er die Wände und die Titel mancher Bücher, die seine Kollegen geschickt hochheben und dann vorsichtig wieder an ihren Platz legen.

»Ihr Freund war gestern hier.«

Das ist keine Frage. Niemand erwartet Antworten von mir. Sie wollen nur etwas überprüfen. Offenbar bewegen sie sich auf unbekanntem Terrain, fühlen sich zudringlich. Es ist ihnen unangenehm.

»Wissen Sie, ob er ein maschinengeschriebenes Schriftstück dabeihatte?

- Ja, er hat einen Bericht verfasst, den er gestern vorstellen sollte.

- Hat er ihn bei Ihnen gelassen?

- Nein.

Der Mann, der nichts anrührt, hakt nach:

- Sind Sie sicher?

- Sehen Sie selbst nach, alles ist hier.

- Haben Sie dieses Schriftstück gelesen?

- Nein.

- Hat er Ihnen davon erzählt?

- Er hat davon gesprochen, ja, aber nur mit sich selbst, ich habe nicht verstanden, was er sagte.

- Wissen Sie, dass er gestern nicht zur Präsentation gekommen ist?

- Hingegangen ist er aber.

- Und dann im Laufe des Vormittags hierher zurückgekommen.

- Ja.

- Warum ist er zurückgekommen?

- Ich weiß nicht.

- Hatte er das Gutachten bei sich?

- Nein, ich glaube nicht.«

Die drei Männer sind gegangen. Alles ist still. Meine Schultasche steht seit dem Vortag im Flur. Es fällt mir auf, als ich die Tür hinter ihnen schließe. Ich verheddere mich mit dem Fuß im Schulterriemen und bücke mich automatisch, um die Tasche an die Garderobe zu hängen. Beim Hochheben werfe ich einen flüchtigen Blick hinein. »Das ist doch absurd«, denke ich. »Du wirst doch nicht auch noch damit anfangen …« Guéo hatte das Gutachten bei sich.

Für unseren ersten Sommer hatte ich eine freie Wohnung gefunden. Während der Ferien verließen die Eltern einer Schulfreundin für gewöhnlich Sofia, unsere Stadt. Meine Freundin hatte mir den Schlüssel gegeben und den Schwur abgenommen, dass ich keine Gäste haben würde und mich keiner der Nachbarn je zu Gesicht bekäme. Ich hatte den Mund zusammengepresst, um ein unfreiwilliges Lächeln zu unterdrücken, und geschworen. Guéo und ich würden dort eine merkwürdige abgekürzte Woche verbringen.

Ich verlasse die Wohnung nicht, brauche die Vorräte der Familie auf. Ich bereite unsere Mahlzeiten zu, und Guéo bringt gegen Abend das frische Brot mit wie ein treusorgender Mann.

Wir spielen sein Gedächtnisspiel. Auf ein Stück Papier schreiben wir Wörter, die uns einfallen. Unbewegliche Verben, gleichgültige Substantive, schmückende Adjektive, alle von einem geheimnisvollen Auftauchen diktiert. Zeitlose Wörter, die sich uns gerade so weit erschließen, dass unsere Gedächtnisse sie in eine Reihe bringen können. Bis zu hundert schreiben wir auf. Lesen sie uns gegenseitig laut vor, dann jeder für sich. Diese Wörter werden Obdach, löschen alles Übrige. Wir vergessen unsere von außen belauerten Leben. Guéos Gesicht spiegelt höchste Konzentration. Ein Junge, der um jeden Preis den Klang der einzelnen Silben erfassen will, sich an den Strichen der Buchstaben reibt, die

Zeichen seiner ersten an der Donau vermittelten Leseübungen entziffert. Er speichert unsere Wörter mit einer enormen Wut im Gedächtnis, bis zu siebzig, achtzig kann er behalten. Mit Wodka gelingen ihm bis zu neunzig. Ich schaffe selten mehr als sechzig. So wachen wir bis spät, mit geröteten und zuversichtlichen Augen.

Guéo geht frühmorgens. Ich bleibe alleine in der Wohnung, die Gardinen zugezogen. Ich höre, wie draußen herumgeschlichen wird. Zuerst sind es die Agenten seiner Frau, der netten Generalstochter. Hinter der Gardine versteckt, horche ich auf ihre Schritte. Sie rauchen viel. Unter dem Fenster liegen zahllose Kippen, billiger Tabak, es sind keine hohen Tiere, nur Überwacher. Guéo und ich sprechen nicht darüber.

Am vierten Tag gibt es unten Unruhe. Guéo hat Schwierigkeiten, das Gebäude zu verlassen. Ich höre ihn rennen. Dieses Mal verschwindet er durch den Keller und hängt irgendwie die beiden Männer ab, die gekommen sind, uns zu vertreiben. Einer der beiden flucht lautstark. Sie sprechen eine Sprache, die ich nicht verstehe. Ich höre ihnen aufmerksam zu und versuche, das Ende der Sätze zu erraten. Ein kehliger, abfallender Klang, von kurzen hohen Tönen unterbrochen.

Spät in der Nacht kommt Guéo zurück, mit müden Augen, seine Hände zittern. Wir müssen schnell weg hier. Auf der elektrischen Herdplatte köchelt das letzte noch im Kühlschrank gefundene Gemüse. Zum ersten Mal stellt Guéo überall den Strom an. Bisher hatten wir nur Kerzen angezündet, unter einem Lampenschirm aus Plastik.

Die Wohnung der Eltern meiner Freundin hat nicht Feuer gefangen. Vom Geruch verkohlten Gemüses alarmiert, konnten die Nachbarn noch rechtzeitig die Tür aufbrechen.

Monate später wurde bei Guéo ein Umschlag mit Fotos von jener Nacht unter der Tür durchgeschoben. Wir sind von hinten zu sehen. Es ist unmöglich, unsere Gesichter auszumachen. Man sieht seinen beigefarbenen Regenmantel und meine ungarischen Turnschuhe, mein Rock ist kaum zu erkennen.

Ich finde keinen der bei unseren Gedächtnisspielen vollgekritzelten Zettel wieder. Unsere aneinandergereihten Wörter sind verschwunden. Sie könnten etwas preisgeben. Bestimmt sind sie irgendwo, diese Wörter, aufgehäuft in einem vorläufigen Schweigen, in den Ausläufern einer Sprache der Liebe, die es nicht mehr gibt. Manchmal packt es mich, und ich picke mir irgendwo wahllos Wörter heraus. Ich erkenne keines wieder. Dabei bin ich mir sicher: Diese Wörter sind irgendwo verstreut, sie kommen wieder. Meine Güte, ja, es gibt sie! Aber sie sagen nichts mehr.

Ich weiß nicht wie, aber Guéo hatte herausgefunden, dass ich in einer Firma direkt gegenüber von meinem Gymnasium putzen ging. Jeden Abend verbrachte ich dort zwei Stunden in Gesellschaft dreier dicker reizender Großmütter. Die eine konnte die Zukunft aus den Karten lesen. Genauer gesagt las sie das, was uns bevorstand, denn das Wort »Zukunft« gibt es auf Bulgarisch nicht.

Eines Abends legte sie mir die Karten und sah mich lange an, bevor sie mit geheimnisvoller Stimme sagte: »Du wirst noch weit kommen ...«

Welches Weit meinte sie? Wohl ihr ganz persönliches. Schwachsinn, dieses Weit! Es hat mich eingeholt, aber bestimmt nicht so, wie von ihr prophezeit.

Die Dame mit den Karten kümmert sich um die Direktionsbüros im sechsten Stock. Insgesamt hat das Gebäude sieben Stockwerke. Mir wurde das vierte zugeteilt, die Abteilung für Informatik. Pausenlos spucken gigantische Maschinen Papierrollen voller »Nullen« und »Einsen« aus. Hinter komplizierten Formeln antworten die Maschinen den Menschen »eins« oder »null«, Miniaturrepliken unserer »Jas« und »Neins«. Dazwischen verstecken sich die kleinen »Wenns«, Sesamwörter sämtlicher Möglichkeiten. So entdecke ich, wie sich das mehr oder weniger Unendliche in das geschlossene System zwischen »eins« und »null«, zwischen Zustimmung und Ablehnung, schleichen kann.

Was den Rest betrifft, sind die Angestellten auf meinem Stock sehr nachlässig. Sie öffnen nie die Fenster und scheren sich weder darum, in die Mülleimer zu zielen, noch die randvollen Aschenbecher zu leeren. Die Maschinen erhitzen die Luft, und jeden Abend wenn ich die Tür aufmache, reizt eine heimtückische Säure meine Augen. Die Nachtbeleuchtung taucht die leeren Büroräume in ein totes Licht. Allein die Wände sind noch lebendig: Zeichnungen, Fotos, mit Reißzwecken angeheftete Witze. Manchmal schreibe auch ich eine Nachricht. Ich lobe eine Zeichnung, beglückwünsche zu einer Geburt. Eines Abends reiße ich die Fenster weit auf und bin versucht, bevor ich mit dem Staubsaugen beginne, ein paar Vorschläge über die verschiedenen Nistarten zu notieren. Ich klebe einen mit dickem Filzstift beschriebenen Zettel an die Wand, der folgendermaßen endet: »Sogar in einem geschlossenen Raum ist es möglich, sein Nest zu bauen, wenn …« Am nächsten Tag hat ihn jemand mit bunten »wenn, wenn, wenn« umkreist, und ein anderer hat mit Kugelschreiber direkt daneben einen hochgereckten Finger gezeichnet. Ich komme immer erst, wenn die Angestellten schon gegangen sind, ohne je einen von ihnen zu Gesicht zu bekommen, und habe doch schon Freunde und Feinde.

Das schmutzige Wasser aus den Eimern, in die die Putzlappen getaucht werden, kommt direkt auf die Straße. Es wird vor der Außentreppe ausgekippt. Das ist so üblich und für mich ein heikler Moment. Ich muss immer gründlich Ausschau halten, vermeiden, dass genau dann jemand vom Gymnasium vorbeikommt. In der Schule darf niemand Bescheid wissen. Im Winter wird es in der Kälte früh dunkel, sodass ich mich vermeintlich unsichtbar fühle. Die Scheinwerfer der Autos blenden mich, und ich bleibe konzentriert, um nicht auf einer Eisscholle auszurutschen. Womöglich hat Guéo mich einmal so gesehen, in meinem viel zu großen blauen Kittel.

Dabei war ich glücklich gegen Monatsende aufzuwachen, um in der Buchhaltung im siebten Stock mein Gehalt abzuholen. Ich verdiente mein Brot, meine kleine Freiheit.

Anfangs sagt Guéo nichts. Er betrachtet nur eingehend meine Hände. Dann beginnt er, komische Bemerkungen zu machen: »Die Schönheit einer Frau ist an ihren Händen abzulesen.« Oder: »Wenn Frauen verbraucht sind, haben sie keine Hände mehr.«

Ich kaufe mir Crèmes, reibe mir von morgens bis abends die Hände ein, sie sind sanfter als je zuvor.

Guéo unternimmt einen neuen Versuch:

»Ich wollte dich um achtzehn Uhr abholen, aber du warst noch nicht zurück, ich habe mir Sorgen gemacht …

- Ich war im Kino.«

Und ich erzähle ihm einen Film, den Freunde gesehen hatten.

Denkst du! Guéo, zärtlicher Guéo. Er, der jeden Moment wissen konnte, wo ich war und was ich tat … Eines Abends nimmt er mich, lachend und trinkend, fest in den Arm, küsst mir das Haar wie einem Kind und sagt: »Du hast richtig Schneid, Alba.«

Er ist der Einzige, wird auf immer der Einzige sein, der mich »Alba« nennt. An seine Kehle gepresst, höre ich die Bänder seiner Stimme, die von diesen vier Buchstaben zum Schwingen gebracht werden.

Die »ausgesprochen weibliche« Pistole mit bläulichen Perlmutteinlagen, die Guéo mir damals schenkte, habe ich aufbewahrt. Amüsiert hatte Guéo mir beigebracht, wie man schießt. Ich kann exakt den Abstand zwischen Visierlinie und Schussachse berechnen, ungefähr achtzehn Grad Abweichung mit Abwärtsneigung. Die Pistole ist winzig. Sie hat einen schwachen Rückstoß. Der Arm bleibt gerade, ohne Rückschlag in die Schulter, wenn man abdrückt.

Warum wollte Guéo, dass ich diese Pistole behalte? Würde ich sie jemals laden? Ich habe nie richtige Kugeln für dieses Gerät gehabt, wüsste noch nicht einmal, welche ich brauchte. Ich habe sie gerne bei mir. Einfach so, leer, friedlich, ein Gegenstand ohne Bestimmung. So wie Guéo sie mir mitgebracht hatte, in ein Stück grünen Satin eingeschlagen, drumherum eine rauhe Baumwollhülle aus Odessa, ein quadratisches Tuch, das die *schkolniki* [1] benutzen, um ihre Füße zu umwickeln, bevor sie sich die Schuhe anziehen.

Das sind sie, die früheren Tage – aus- und wieder eingebürgert, mit den Bleiminenspuren einer merkwürdigen Epoche, die letzten Jahre des vertrockneten Kommunismus.

---

1 Erstsemester der Marineschule in Odessa

Die Kommunisten hatten Guéo auf der Straße aufgelesen, als er elf war. Auf dem Höhepunkt eines neuen Regimes, das zunehmend an Boden gewann und ungewohnte Befehle und erste Fünfjahrespläne einführte. Ein Mann hatte Guéo ins Gespräch verwickelt. Ihn gefragt, warum er nicht in der Schule sei, wo seine Eltern wohnten, ob er mit anderen gleichaltrigen Kindern in ein Sommerlager nach Serbien fahren wolle. Guéo hatte genickt, ohne genau zu verstehen, was von ihm erwartet wurde.

Im Lager angekommen, war er aufgefordert worden, die Kleider zu wechseln. Man bat ihn, den Anhänger mit dem kleinen Kreuz, den er um den Hals trug, abzulegen. Er hatte gezögert. War befragt worden:

»Wo hast du den denn gefunden?

- Der gehört meiner Tante.

- Wo arbeitet sie?

- Ich weiß nicht, sie ist meine ganze Familie.«

Man gab ihm ein kurzärmliges Hemd und eine dicke Hose. Er wurde beim Nachnamen gerufen, und in der Anonymität der alphabetischen Reihenfolge landete er in der letzten Reihe der Pioniere mit ihren von der Sonne des Đerdap geröteten Wangen.

Junge Leute, deren Schultern vom Baden in den Cazane-Schluchten gestählt sind. Abends sitzen sie im Gras. Sie bilden einen großen Kreis um das Lagerfeuer. Ein in Stücke gebrochener, in Alufolie gewickelter Gegenstand wird vorsichtig herumgereicht. Das Päckchen geht von Hand zu Hand. Kurze Wortwechsel und aufmerksame Blicke begleiten seinen Weg. Schweigend nimmt sich jeder ein Stück, bevor er das Päckchen dem Nachbarn aushändigt. Es wandert im Uhrzeigersinn weiter. Kommt ganz zerknittert bei Guéo an. Er nimmt es und greift sich, ohne zu zögern, ein Stück. Er betrachtet es einen Augenblick, wendet es in der Hand und steckt es, wie alle anderen, in den Mund. Er probiert sein erstes Stück Schokolade.

Das Stück klebt ihm bis heute am Gaumen. Jahrelang, ein ganzes, zufällig aufgelesenes Kinderleben. Dieser Geschmack treibt ihn zum Äußersten, bis zur UNO, nach Moskau, nach Odessa, nach Sofia, ins Kabinett des Staatschefs, an die Spitze der Botschaften von Damaskus und Hanoi, in die miesesten Abteilungen, die Homosexuelle und Prostituierte jagen. Selbst wenn er Schokolade auf dem Asphalt schmelzen sähe, würde er sie noch aufsammeln.

Im Sommerlager lernt er lesen und schreiben. Er schämt sich, als er begreift, dass seine Kameraden das schon vor Jahren getan haben, als er noch heimatlos durch die Straßen seiner Geburtsstadt Warna irrte, nachts von einer sogenannten Tante beherbergt.

Im Lager lernt er im Handumdrehen Serbisch, Russisch, Französisch und wird schon mit sechzehn für die Eliteausbildungen der Partei bestimmt. Er sagt, er wolle Kapitän werden. Man beglückwünscht ihn, und er darf den Titel »Genosse« führen.

Seine erste Frau, eine sanfte russische Krankenschwester, die er in der Marineschule in Odessa kennengelernt hatte, ist ihm während einiger glücklicher Jahre eine Art Mutter. Dann verlässt er sie, sie und ihren Sohn, um in die Arme der netten Generalstochter überzulaufen. Eine klar umrissene Karriere vor sich, Ruhm ohne Bindung, die Schokolade mal ausgenommen. Bei ihm zu Hause stapeln sich immer noch die Tafeln in den Schränken, dabei isst er sie nie.

Der Kommunismus ist zusammengebrochen. Vielleicht hätte Guéos Bericht ihn gerettet. Die Linien meiner Augenlider werden nicht entziffert, aber ich bin mit dem Leben davongekommen.

Ich grübele über den Zeichen, in den entlegensten Winkeln. Ich versuche zu verstehen. Überdenke alles von Anfang an. In mir überstürzen sich die Bilder. Nicht einmal unseren ersten Kuss finde ich wieder. Er ist mir abhandengekommen. Nicht die geringste Spur. Ich verliere den Faden. Meine Haut spannt sich, meine Haare sind nass, salzig wie die eines Mastwächters oben auf dem von den Wellen abgenutzten Mastwerk. Ich bleibe hartnäckig: Ein erster Kuss kann so vieles wissen. Ich suche ihn. Befrage meine Haut, flehe meine Träume an, laufe durch die Straßen, doch er kommt nicht wieder.

»Guéo«, frage ich ihn, »wie haben wir uns das erste Mal geküsst?«

Bei jeder neuen Begegnung, jedem neuen Kuss suche ich wieder nach ihm. Manchmal schrecke ich nachts aus dem Schlaf hoch, überzeugt, ihn gesehen zu haben, doch schon hat er sich verflüchtigt. Teuflisch verschwindet er in einem unsichtbaren Loch des Vergessens.

Begonnen hatte alles im Krankenhaus der bulgarischen Regierung, in das ich kurz vor ihm eingewiesen worden war. Guéo wurde an einem Montag aufgenommen. Die ersten Tage im Krankenhaus beobachtete er mich, wie ich alleine an meinem Tisch zu Abend aß, ohne ein Wort, ohne ein Zeichen. Wir kannten uns nicht.

Mein Bein war von einer fortschreitenden Lähmung betroffen. Zuerst hatte ich schlicht das Gefühl in den Zehen verloren, dann im ganzen Fuß, hoch bis zum Knie, und schnell hatte die Lähmung den Oberschenkel erreicht. Ohne den eigentlichen Grund ausmachen zu können, wucherten die Hypothesen. Gelehrte aller Couleur erläuterten sie mir entsprechend bedeutsam. Sie waren unschlüssig, ob sie amputieren oder mich in meinem Zustand lassen sollten. Ihre lebhaften Spezialistendiskussionen konnten sie zu keinem Einverständnis bewegen. Niemand unterschrieb ein »Ja« oder »Nein«, für Amputation oder für Heilung, oberhalb des Knies oder gleich mit dem ganzen Oberschenkel.

Im vorigen Krankenhaus hatte ich viele Wochen mit noch hektischeren Ärzten verbracht. Schon bei ihren morgendlichen Visiten gestikulierten sie wild und klopften mir mit kleinen Gummihämmern auf Ellbogen und Knie. Gleich um sechs Uhr morgens kam mich jemand wecken, um auf meine Gelenke zu klopfen und an meinen Augenlidern und Tränensäcken zu ziehen. Was sie wohl hinter meinem Auge zu finden hofften?

Nachmittags wurde ich als eine Art Versuchskaninchen den Studenten vorgeführt, die sich der Neurochirurgie verschrieben hatten. Die Zimmer waren überfüllt mit Kranken, die Tag und Nacht stöhnten. Die Hoffnung verflüchtigte sich im Geruch von Urin und Medikamenten. Manche Patienten verschwanden auf Nimmerwiedersehen auf einer Bahre, andere suchten frühmorgens ihre Sachen zusammen und wurden in quietschenden Rollstühlen nach draußen gebracht.

In den ersten Nächten hatte ich geweint, und die alte Dame neben mir hatte gefragt: »Warum weinst du?« Ich wusste keine Antwort. Sie lächelte mich an. »Siehst du, du weißt nicht einmal, warum du weinst. Also hör auf, davon bekommst du nur rote Augen.« Dann hielt sie mir eine kleine Taschenlampe hin: »Hier, nimm, wenn du Angst hast, kannst du sie anmachen.«

Irgendwann achtete ich nicht mehr auf das Stöhnen der anderen oder auf das Schweigen meines Beins. Ich wich der Umgebung der Krankheit aus, so gut ich konnte. Gelegentlich machte ich die kleine Taschenlampe an, und es half, tatsächlich.

Mein Bein lag leblos neben mir, und ich lebte mein Leben, wie es kam, im Rollstuhl. Bücher erzählten mir von der Welt und von Beinen, die sie bereisten. Nur nicht die Beweglichkeit verlieren, nicht von einem entfremdeten Bein abhängen. Nachts weckte mich mein unbewegliches Bein noch. Ich fand es dort eingeklemmt, wo mein Körper es im Schlaf zurückgelassen hatte. Anfangs fuhr ich erschrocken hoch, aus Angst vor einem Eindringling, dann gewöhnte ich mich daran. Jedes Mal war es nur das Bein, das reglose, das um Hilfe bat, darum, wieder eine dem übrigen Körper entsprechende Stellung einzunehmen. Mit meinen Händen bewegte ich es, als ob es sich selbst bewegte, und schlief wieder ein.

Eines Tages kam man mich holen. Zwischen zwei Fluren wurde mir nur erklärt: »Du wirst in ein anderes Krankenhaus gebracht. Sehr speziell! Alles ist dort ganz anders, du wirst sehen … Du hast großes Glück, Mädel, du wirst ins Regierungskrankenhaus geschickt.« Der Krankenwagen wartete schon. Seit Monaten hatte ich die Straßen Sofias nicht gesehen.

Ich war eine »Externe«, und durfte eigentlich weder im Krankenhaus der kommunistischen Würdenträger noch auf der Etage des Politbüros sein. Die anderen Einrichtungen glaubten meine angeblich bedrohliche Lähmung nur durch eine Amputation behandeln zu können. Sie wurde mit allem Möglichen in Zusammenhang gebracht. Eine ungeklärte virale Ursache, eine Windpocken-Komplikation, die Rückkehr von Kinderlähmung, eine unbekannte degenerative Erkrankung, ein Hirntumor, eine Fehlbildung des Herzens, ein … Die Diskussion hatte die Aufmerksamkeit des Chefarztes in der neurochirurgischen Abteilung des Regierungskrankenhauses erregt. Während seiner Sprechstunden an der medizinischen Fakultät hatte er mich untersucht, sich eingehend mit mir befasst und eine schwache Hoffnung gesehen. Er wollte Lösungen prüfen lassen, glanzvolle Ergebnisse vorweisen und hatte daher meine Verlegung in seine Abteilung im Regierungskrankenhaus angeordnet. Die Krankenhausleitung erfüllte besondere Funktionen, schließlich rangierte die Einrichtung in der Kategorie »Staatliche Verteidigung«.

Ich war im dritten Stock untergebracht, dem Stockwerk des Politbüros. Aus praktischen Gründen: Mein Rollstuhl erschwerte die täglichen Wege zwischen den wichtigsten Pflegediensten.

Im Regierungskrankenhaus bedeuteten die Stockwerke alles. Durch sie wurde Macht ausgeübt. Die Führungskräfte der Volksrepublik dirigierten alles über die Stockwerke. Auch die Wohnungen wurden nach unsichtbaren Hierarchien zugeteilt. An ihnen waren Dienstgrade und Ränge abzulesen, Beförderungen und Höllenfahrten. Die Führungskräfte teilten ihre Wohnstatt mit verdienten Arbeitern. Sie waren es sich schuldig, mit dem Volk in Kontakt zu bleiben, allerdings nicht auf demselben Stock.

Auf der Etage des Politbüros im Krankenhaus fragte man mich: »Und wer sind deine Eltern?« »Niemand«, gab ich zur Antwort. Und der Frager ging seines Weges.

Auf diesem Stock gab es nur Einzelzimmer. Ich konnte in Ruhe schlafen und so viel lesen, wie ich wollte. Wenn ein Pfleger hereinkommen wollte, klopfte er an die Tür und begrüßte mich mit Vornamen. Auf unserer Etage gab es auch eine vorzügliche Bibliothek. Ich lieh mir vor allem Bücher aus der Sparte »Klassik«. Geschichten aus vergangenen Zeiten, von Adligen oder bürgerlichen Snobs auf ihren Anwesen und Landhäusern hielten mich bis spät in die Nacht wach. Manchmal lachte ich, die Dinge erschienen mir nicht viel anders zu sein als hier … Immer war die Rede von strikt reservierten Gängen, doch in meiner Welt verlief der Aufstieg über Stockwerkstufen, ohne dass von Blut, Boden oder Geld die Rede gewesen wäre, es ging schlicht um die mysteriöse Zugehörigkeit zu einer Elite. Die Macht bot dem »auserwählten« Volk, mit dem sie tagtäglich umzugehen hatte, eine Angriffsfläche, und das »auserwählte« Volk, von dieser Nähe gezähmt, konnte friedlich schlafen und den anderen Stockwerken und fernen Untergeschossen Glückseligkeitsträume einimpfen. Heute scheinen sich die Dinge gewandelt zu haben. Die Macht bleibt unter sich, es sind nicht mehr ihre Etagen, sondern die angesagten oder weniger angesagten Stadtviertel, die uns von den unsichtbaren Anweisungen einer neuen pekuniären Ordnung diskret zugeteilt werden.

Auf der Etage des Politbüros wurden die Mahlzeiten in einem weitläufigen Speisesaal serviert. Die Kronleuchter waren aus Kristall, unsere Teller aus feinem Porzellan, die Stühle knarzten nicht.

Die Teller trugen elegante Silberhauben. Glänzend poliert, spiegelte ihr Metall jede Kleinigkeit wider. Ich hatte darin unauffällig die Tische hinter mir im Blick und achtete kaum auf den nebenan. Die Gäste unterhielten sich bedeutungsvoll, zweifelten keinen Augenblick daran, dass ihre Existenz für den Lauf der Welt von Bedeutung sei. Ihre Anwesenheit im Krankenhaus besagte zwar, dass sie krank waren, aber die Pflege, die ihnen im Regierungskrankenhaus zuteil wurde, gab mir das Gefühl, mit einer seltenen Spezies konfrontiert zu sein, deren Gesundheit für uns alle lebenswichtig war.

Ihre Stimmen waren nicht zu hören und ihre Gesichtszüge erreichten mich verzerrt vom Oval der Haube, die ich absichtlich vor mich stellte, wenn ich sie vom Teller nahm. Ihre Haut war milchig wie Pauspapier, wurde im künstlichen Licht zunehmend undurchsichtiger. Womöglich eine Reaktion der Epidermis auf die tägliche Intensivbestrahlung durch die Scheinwerfer der Macht. Ich schaute nur zu, ahnte nicht, dass die in diesem Speisesaal versammelten Personen über das Werden der Welt und der Partei sprachen, als horchten sie mit dem Stethoskop ein Lebensende ab, das nicht künstlich verlängert werden durfte. Mir war nicht klar, dass diese Leute sich ein Leben ohne Scheinwerfer gar nicht mehr vorstellen konnten.

Ich sah nur merkwürdige Gestalten an mir vorbeiziehen. Der Ernst ihrer Gesichter litt unter dem verzerrten Widerschein auf meiner Haube. Er ließ Gesten und Ausdrücke komisch wirken, und manchmal lachte ich, ohne dass jemand meine Anwesenheit bemerkte.

Eines Abends bin ich ganz in das Schauspiel auf meiner Haube versunken, ohne meinen Teller anzurühren, und merke nicht, wie Guéo, der neue Patient am Nebentisch, kommt. Er beobachtet meine Spielereien, und ich begegne seinem belustigten Blick. Ich werde rot, auf frischer Tat ertappt. Guéo fängt mit seiner Tellerhaube einen Lichtstrahl ein und wirft ihn auf mein Gesicht zurück. Winzige Flecken huschen über meinen Hals, meine Nase, meine Lippen. Ein auf der Haut zitterndes kitzelndes Licht. Unsere ersten Rachmaninow-Hauben. Eine Krankenschwester kommt zu mir. Wie immer bietet sie mir an, den am Eingang des Speisesaals geparkten Rollstuhl zu bringen. An diesem Abend will ich ihn nicht. Hüpfe stattdessen wie ein kleines Mädchen bei einer merkwürdigen Variante von Himmel und Hölle auf einem Bein den Gang hinunter, halte mein krankes Bein mit einem Arm und stütze mich mit der anderen Hand an der Wand ab.

Am nächsten Tag sehe ich, wie Guéo auf seinem Balkon raucht, und frage ihn, ob ich bei ihm heimlich eine Zigarette bekomme. Mit gespielter Strenge sagt er: »Das ist doch nicht gut, so jung zu rauchen.« Dann lächelt er mich an und nennt mir seine Zimmernummer.

Unsere Zimmer liegen, nur durch einen Balkon getrennt, auf demselben Stock, haben aber sonst nichts gemein. Guéo hat seines in ein regelrechtes Ministerialkabinett verwandelt. Vor dem Fenster ein Schreibtisch aus Massivholz. Eine aus Paris mitgebrachte Bibliotheksleuchte steht neben einem nagelneuen Faxgerät und einem goldgerahmten Foto. Auf dem Bild lächelt ein junges, frischvermähltes Brautpaar. Es trägt die Widmung seines zweiten Sohns, das älteste Kind, das Guéo und die nette Generalstochter miteinander haben. Guéo findet, dass ich seiner Schwiegertochter ähnlich sehe, und hat ihr erzählt, sie habe eine Doppelgängerin im Krankenhaus.

Guéos Schreibtisch ist sorgfältig gewachst, doch die bernsteinfarbene Patina ist dort, wo seine Hände liegen, eine Spur dunkler. Die dunklen Flecken bilden zwei merkwürdige unregelmäßige Karten, das blasse Röntgenbild zweier zusammenhängender Kontinente. Der Wachsgeruch vertreibt jeden Gedanken an ein Krankenzimmer, das Licht fällt direkt auf den Schreibtisch und strahlt auch in das übrige Zimmer ein paar Lux-Einheiten aus.

Seitdem ich meinen eigenen Schreibtisch habe, steht auch er immer vor dem Fenster, darauf eine Lampe vom Flohmarkt und neben ihr stets ein Faxgerät. Guéo weiß es nicht, aber inzwischen benutzt man keine Faxgeräte mehr. Stattdessen Handys und das immaterielle Internet. Guéo kannte nur die roten oder, wie es unter Insidern hieß, »sternförmigen« Telefone. Wenn er sehen würde, wie sich seine Kollegen von den Geheimdiensten Nachrichten via E-Mail schicken! Ich müsste ihm erklären: »Das heißt Web, Internet ...« Müsste ihm erzählen, wie die überforderten oder desillusionierten Geheimdienste heute vertrauliche Korrespondenzen verschicken, die in Sekundenschnelle um die Welt gehen. Die Undurchlässigkeit ihrer geheimen Botschaften wird von der ungehemmten Meinungsfreiheit herausgefordert, die zwangsläufig mit einer ungehemmten Abhörungsfreiheit einhergeht. Allenthalben brechen im Netz verbreitete Skandale aus, und um diese Übergriffe zu reduzieren, stellen die Geheimdienste neue Intelligenz-Genies ein. Sie erfüllen neue Funktionen, die sich an alten Zeiten orientieren. »Piraterie-Spezialisten« und »Anti-Piraterie-Spezialisten« ersetzen die früheren Spezialisten für »Spionage« und »Gegenspionage«. Die Nachwuchskräfte steuern durchs Netz, ihr neues Spielfeld, wie U-Boot-Kapitäne durch den Ozean.

Die Ideologen aus Guéos Zeit werden lange brauchen, um zu verstehen, dass Revolutionen aus der Mode gekommen sind. Es geht nicht mehr um eine neue Internationale, sondern um eine neue Iteration des Globalen Internets. Unser Breitband- und Verkabelungszeitalter speichert die Informationen je nach Stadtviertel und Geographie. Technologie und Information sind eng verknüpft, und wenn dennoch eine Revolution in weniger gut verkabelten Teilen der Welt ausbricht, wird umgehend das verfluchte Internet verschlüsselt. Noch bevor sie die Panzer loslassen, schicken die Machthaber des bedrohten Regimes gut ausgebildete Piraten ins Netz. Doch es wird immer jemanden geben, der ein altes Fax wiederfindet, ein aufgewärmter Phönix, der Botschaften mit der absoluten Wahrheit am Fußgelenk überbringt. Ich stelle mir Guéos ungläubiges Lachen vor, sollte er das Chaos entdecken, in dem sich auch unsere rückzugsliebende freie

Welt verausgabt, um zu überdauern. Leben überwachen und dafür verlockende Ängste instrumentalisieren. Eine freie Welt, die ebenfalls davon überzeugt ist, dass im Falle ihres Untergangs der Schlüssel zu einer besseren Welt auf immer verloren wäre.

Ich ertrage noch immer keine Fotos von jungen Brautpaaren. Dabei hatte ich jenes auf Guéos Schreibtisch lange betrachtet. Seine Schwiegertochter strahlte in einem taillierten Kleid. Ein breites grünes Satinband wölbte sich um ihren runden und prallen Bauch. Sie erwartete bereits Guéos erste Enkelin. Auch der junge Bräutigam war wunderschön. Schlank und hochgewachsen, mit einer kühlen Eleganz. Grauer Dreiteiler, Zylinder in der Hand und gelbes Halstuch. Das Einzige, was mir dieses Foto erträglich machte, war die Fluppe in seinem Mund.

Guéo würde es nicht glauben, aber Rauchen ist heute verboten. In Bars, Krankenhäusern, Flughäfen. An Gebäuden mit Privatwohnungen steht angeschlagen, dass das Rauchen im Gemeinschaftseigentum verboten ist. Der Quadratmeter ist dort teurer und zieht wertvolle neue Kunden an. Zigarettenschachteln stehen immer noch frei zum Verkauf, verkünden aber inzwischen: »Rauchen tötet.« Man sollte dazuschreiben: »Leben auch«, und zwar aus statistischer Sicht noch zwingender. Auf einem seltsamen Schachbrett aus Leben und Risiken internalisiert der Staat die Gefahren, die dem Einzelnen über den Kopf wachsen. Der Einzelne verfolgt den Staat auf dem Rechtsweg, wenn er uns nicht gut genug vor uns selbst schützt. Und der Handel läuft weiter, jetzt aber geläutert.

Vorbei also die Anfangszeit von Guéos Karriere, von der er mir wie von einem Märchen erzählte. Schon jetzt verbinden viele mit Breschnews Namen kaum noch etwas. Dank der unzähligen Zigaretten, die Guéo wohl für ihn geraucht hatte, waren die beiden damals sehr vertraut.

Einige Jahre zuvor war Guéo, hoffnungsvoller Spross der KGB-Schule, bei den geschlossenen Sitzungen zwischen den Regierungschefs der arabischen Halbinsel und der Balkanstaaten mit zwei Sondermissionen betraut worden. Er sollte übersetzen, umgehend jeglichen übersetzten Inhalt vergessen und den Genossen Breschnew »*obkurival*«[2]. Der bereits schwerfällig gewordene Breschnew litt in der zweiten Hälfte seiner Regierungszeit an Mundhöhlenkrebs und konnte nicht mehr selbst rauchen. Er brauchte jemanden, der ihm permanent Nikotin ins Gesicht blies. Einen »lebenden Patch«. Guéo übersetzte Wörter, die unmittelbar in dem Rauch verschwanden, den er dem sowjetischen Präsidenten ins Gesicht blies.

Im Regierungskrankenhaus konnten Guéo und ich nicht ahnen, dass Nikotinpatches, Pflaster einer nahen Zukunft, unser abendelanges Rauchen und Reden hätten ersetzen können. Unsere Gespräche waren uferlos und gelangten bis an die ungewissen Grenzen von Liebesbeziehungen. Von der Liebe im Allgemeinen, und der Liebe im Besonderen. »Du hast Glück, junges Mädchen, du hast das alles noch vor dir! Kannst dich immer wieder neu einschiffen. Das Herz auf einem kleinen Kahn, auf dem Tausende kleiner Nichtigkeiten gleiten. Und diese Nichtigkeiten sind das ganze Glück der Erde«, sagte Guéo bedeutungsvoll. Sein Blick wurde distanziert. Ich senkte die Stimme und schaute ihn an.

Als müsste ich das sonderbare Schiff, von dem er sprach, vor dem Kentern bewahren, hatte ich behauptet, noch Jungfrau zu sein. Das schien mir wichtig, ja notwendig. Er stellte

---

2 »zuräuchern« auf Russisch

keine Fragen. Irgendetwas in seinem Blick hatte diese Lüge in Wahrheit verwandelt. Ich spürte die Gegenwart eines missachteten Fleisches, eines Aufrufs, unerforschte Wände einzureißen. Ohne Verlust die Jungfräulichkeit verlieren, die Zeit der Unfruchtbarkeit hinter sich lassen.

Als er mich abends mit meinem gelähmten Bein, wie er sagte, »herumschlingern« sah, fasste sich Guéo an die Brust, als sei ihm plötzlich schwindlig. Er verscheuchte das, indem er mir Windbeutel mit Vanilleschlagsahne anbot. »Das sind genau solche, wie sie für den Genossen Präsident zubereitet werden«, erklärte er stolz. Was für ein Quatsch, ich hatte Appetit und lachte. Ich probierte sie, wollte mehr. Guéo griff sich zahllose süß gefüllte Windbeutel und brachte mir Nachschub, immer wieder.

Er richtete mich bequem auf seinem Bett ein, legte Kissen unter mein regloses Bein, zog den Schreibtischstuhl ans Bett und setzte sich, gealtert. Doch der Schwindel kehrte wieder. Guéo vertrieb ihn und sprach über Philosophie. Er stellte mir Fragen über griechische Paradoxa:

»Angenommen, die Erkenntnis ist ein Kreis in der Mitte der Unkenntnis: Je größer der Kreis, desto zahlreicher die Berührungspunkte mit der Unkenntnis. Folglich wäre der größte Gelehrte derjenige, der am wenigsten Berührungspunkte mit der Unkenntnis hätte. Nämlich nur einen gemeinsamen Punkt, den konvergierenden Punkt der Unkenntnis und des Wissens, Anfang und Schluss. Dann wäre aber der größte Gelehrte zugleich auch der unwissendste …«

Ich schaue ihn ungläubig an. Reagiere mit der ganzen Heftigkeit meiner sechzehn Jahre und rufe: »Aber das ist doch idiotisch! Und wo soll er laufen, dein Supergelehrter, der auf diesem winzigen Punkt festsitzt? Ich finde deine Griechen völlig verrückt. Ich will einen großen Kreis, mindestens einen Ozean! Ich will auf Sicht segeln, ohne die Grenze zu sehen. Zum Teufel mit den tausend Berührungspunkten der verdammten Unkenntnis!«

Er lacht und schmeichelt meiner Arroganz.

»Vielleicht ist das die Lösung: Die alten Griechen hatten so viele Probleme damit, weil sie dich nicht kannten.«

Unmerklich verband uns etwas. Immer stärker. Wie ein Pflaster auf unseren sich auflösenden Welten.

Manchmal blieben wir einfach schweigend in seinem Zimmer und hörten stundenlang Musik. Abends teilten wir uns einen Tisch. Manchmal wollten sich andere Patienten neben Guéo setzen. »Erlauben Sie?«, und ich erlaubte es. Sie nahmen Platz und sprachen über die Krise des Staates, seine Freigebigkeiten, die »Reformen«, über Dinge, »die nicht mehr so weitergehen« konnten. Ab und zu wandte sich Guéo mir zu: »Und du, was sagst du zu alldem?« Ich errötete und schwieg. Dann fühlte sich der Tischnachbar verpflichtet, das Wort an mich zu richten. Manche fragten sogar, woher ich käme und was mir fehlte ... So wie ich es verstand, waren es seine Untergebenen.

Es war jetzt nicht mehr die Krankenschwester, die mich nach dem Essen in mein Zimmer zurückbrachte. Guéo half mir beim Aufstehen und setzte mich in den Rollstuhl. Dann ging er gemächlich neben mir her, und ich schob die Räder mit den Händen an. Die anderen Patienten schauten, wie wir den Saal durchquerten, und in ihrer Neugier senkten sie die Stimmen, wenn wir vorbeikamen. Guéo hielt mir die Tür auf, ging mit bis zu meinem Zimmer und blieb noch ein paar Minuten. Er lachte, und schaute zu, wie ich mir die Zähne putzte. Ich hatte einen Trick gefunden, um mich auf einem Bein vor dem Spiegel zu waschen, so als stünde ich aufrecht.

Wenn die Krankenschwester für meine letzten Abendspritzen kam, ging Guéo und wünschte mir eine gute Nacht.

Während der langwierigen Infusionen saß Guéo an meiner Seite und unterhielt sich mit mir. Er war da, als eine erste unbekannte oder vergessene Wärme mein eisiges Bein besiegte. Vereinzelt zeigten sich rote Flecken, zuerst auf dem Oberschenkel, dann hinunter bis zum Fuß. Genau an diesen Stellen begann die Haut sich zu erwärmen, und ein unangenehmes Gefühl weckte in mir das starke Bedürfnis zu kratzen. Ich hatte bald richtige Wunden, so sehr schabte ich mit meinen Nägeln. Ich spürte nicht, dass ich sie bis aufs Blut in die Haut grub. Fühlte nicht richtig, was ich tat. Guéo sah, wie ich meine Haut bearbeitete, und eines Abends nahm er mir die Haarbürste aus den Händen. Dann reichte er mir den Stiel zurück und legte seine Hand über meine. Er hielt mir seinen anderen Unterarm hin und sagte: »Los, kratz mich, aber meine Haut darf nicht zu bluten anfangen.« Auf seinem Arm war es leichter. Ich verstand es besser. Hörte rechtzeitig auf. Er war zufrieden. »Siehst du, nicht stärker. Nicht stärker drücken.«

Wir waren unzertrennlich geworden, Guéo und ich.

Eines Tages verkündet er, ich müsse dringend aufstehen. Er besteht darauf, als wäre das Hier und Jetzt die einzig mögliche Zeit für das Gedächtnis des Gehens.

Er will mit mir in den letzten Stock des Regierungskrankenhauses hinauf. Ich nehme ihn nicht ernst. Im Turnraum oben reicht er mir einen Tischtennisschläger und sagt: »Nun mach, du fängst an.« Er ist verrückt. Seit ein paar Tagen erst kann ich mich für kurze Augenblicke auf beiden Beinen halten. Ich verliere das Gleichgewicht, falle ständig hin. Mein Bein ist nicht stabil. Der Oberschenkelmuskel ist schlaff, inexistent. Guéo befiehlt mir, meine Hausschuhe auszuziehen, und barfuß versuche ich mich an den aufregenden ersten Schritten. Falle wieder hin, bezweifle, es jemals zu schaffen. Im Stehen wirkt es, als sei ich aus meinem Schlafanzug herausgewachsen. Die enganliegende Hose reicht nur noch bis unter die Knie, nicht mehr bis zu den Fesseln, meine Unterarme ragen aus den Ärmeln. Ich will meinen tröstlichen Rollstuhl zurück. Er lässt die Welt harmlos erscheinen, birgt ein Versprechen auf unbewegte Träumereien. Doch Guéo bleibt dabei: »Los, hoch mit dir, Mädel!«

Warum holt er mich mit einer so stürmischen Entschlossenheit da heraus?

»Du kannst dir gar nicht denken, wie sehr es einen Herrn wie mich freut, so ein junges Mädel im Schlafanzug herumhüpfen zu sehen. Los, komm. Wir machen ein bisschen Sport!«

Ich bleibe stur:

»Du siehst doch, dass ich nicht kann. Das ist nicht lustig!«

Guéo will nichts hören. Er macht Aufwärmübungen mit den Beinen, rudert mit den Armen.

»Du wirst schon sehen, was ein alter Marine-Champion aus Odessa noch kann, sogar fünfunddreißig Jahre zu spät.

- Später.«

Ich korrigiere ihn, aber er verbessert seinen Satz nicht. Er lässt ihn in dem unbestimmten »zu spät«, das für mich ein »später« bleibt.

»Na los, meine Hübsche, ich warte!«

Welche »Hübsche« meinte er denn? Ich fühlte mich restlos ramponiert. Die langen Infusionen hatten überall auf meinem Körper Spuren hinterlassen. Mein Gesicht war unter einen Mühlstein geraten. Meine aufgesprungenen Lippen bluteten beim geringsten Lächeln, geschwollenes Zahnfleisch, gelbliche, wackelnde Zähne, ausgedünnte Augenbrauen, fahle Gesichtsfarbe und blassgrüne Haut. Meine dunklen Augenringe lösten sich in Tränen oder Lachen auf. Auf meinen abgemagerten Armen hatten sich durch die Injektionen Hämatome gebildet. Innen in meiner Armbeuge wechselten dicke Venen täglich die Farbe. Nur mein Haar und mein Lachen waren noch intakt. Mit Guéo lachte ich über alles und nichts, Lachen davor und danach, jederzeit. Für ihn gab es Elektroschocks, für mich Infusionen. Dann Windbeutel mit Vanilleschlagsahne und unser Lachen in jenem kurzen Schweigen einer Welt, die schwer auf Guéos Schlaf lastete.

Inzwischen gingen wir jeden Morgen in den Turnraum. Ich stützte mich auf der Tischtennisplatte ab. Die schartige Kante schnitt mir in den Unterleib. Ich fiel hin, stand wieder auf, und Guéo spielte mir den Ball zu, unermüdlich. Jedes Mal peilte er gezielt eine Stelle an, die ich erreichen konnte.

Ich spielte nur wenige dieser Zauberbälle zurück, träumte aber nachts von ihnen. Ich hörte sie auf meine Wirbelsäule prasseln, spürte sie in meinem Oberschenkelmuskel. Die Bälle sprangen im Takt meines Pulses und leiteten einen neuen Saft in meine zerschundenen Venen, der ihre Wände flickte. Tag für Tag ging ich mit Guéo in den letzten Stock hinauf und klammerte mich an den kantigen Tisch. Ich stieß mich, mein Bauch war voller blauer Flecken. Abends beim Waschen streichelte ich sie wie Geschenke aus seiner Hand.

Eines Tages stürze ich und kann nicht wieder aufstehen. Völlig zerschlagen bleibe ich liegen. Guéo wartet, ohne sich zu regen, bereit, den Ball zurückzuspielen. Er sieht mich an und lässt mir stillschweigend noch eine Gelegenheit zum Aufstehen. Ich kapituliere am Boden, lasse es sein, gebe meinen erschöpften Körper auf. Meine Ellbogen spielen nicht mehr mit und weigern sich, den Rücken aufzurichten. Meine Hüften bleiben einfach liegen. Mein Körper ist gescheitert, wieder zu einem unförmigen Behältnis geworden. Meine Wirbelsäule schlängelt sich irgendwo zwischen meinen leblosen Armen und Beinen hindurch. Ich gebe auf, ohne aufgeben zu können. Guéo wartet immer noch. Ich schließe die Augen, und das salzige Wasser des Kummers läuft über meine Wangen.

Als Guéo langsam auf mich zukommt, sehe ich ihn nicht mehr. Vorsichtig schiebt er seine Arme unter meine und hebt meinen Rücken an. Für den Bruchteil einer Sekunde streifen seine Hände meine Brust. Ich lasse den Kopf nach hinten sinken und spüre seinen Atem auf meiner Wange. Eine noch nie gehörte Musik. Mit seinen Schultern stützt er meinen Nacken und, sein Kopf dicht an meinem, glaube ich für den Bruchteil einer Ewigkeit, einen Kuss zu spüren.

Er bestreitet es. Hat es immer bestritten. Es gab damals keinen ersten Kuss. Nie hätte er sich das erlaubt. Er besteht darauf, versichert mir: Es wäre ein Verrat gewesen, die Gefährdung von etwas Wichtigem. »Ein Schmutzfleck auf der Brust eines Mauerseglers.« So hatte ich es nicht gesehen, vielleicht gab es diesen Kuss nur in meiner Vorstellung. Ich überließ mich ihm ganz in meinen Träumen, er kam, der Mauersegler mit der weißen Brust, ein Hauch aus seinem Mund.

Guéo beginnt nach einer Lösung zu suchen. Nach einem Rahmen, der uns ohne Verbiegungen beide enthalten könnte. Er ergreift die Initiative, fühlt vor. Ständig erzählt er seiner Familie von mir. Will mich allen vorstellen. Jedes Mal, wenn ein Familienmitglied zu Besuch kommt, verstecke ich mich, ergreife ängstlich die Flucht.

Seine zweite Frau, die nette Generalstochter, kam immer sonntags. Sie war klein, rundlich und ungeheuer lebhaft. In ihren blaugrünen Augen schimmerte die Farbe von Algen, die kein Wasser abbekommen hatten. Ich blieb in meinem Zimmer, stellte mich krank.

Unter der Woche wollte Guéo mich seiner offiziellen Geliebten vorstellen, einer schönen Frau mit Feenhänden und einem unterkühlten Körper. Eine lebende griechische Statue, ein hochgewachsenes Relikt der Vergangenheit, von Wimperntusche geschwärzte Traurigkeit. Guéo und sie bildeten ein schönes Paar, wirkten elegant und harmonisch. Als Guéo sie zum Ausgang zurückbegleitete, grüßten Ärzte und Kranke sie ehrfürchtig. Von meinem Fenster aus sah ich, wie sie sich zum Abschied küssten, und zehrte von meinem geraubten Kuss im Tischtennisraum.

Seine erste Frau, die russische Krankenschwester, besuchte ihn immer samstags. Sie wirkte wie seine Schwester, sein kleiner Schatten. Er legte ihr den Arm um die Schultern und küsste sie so liebevoll auf die Wange, dass ich zu gerne neben ihnen hochgesprungen wäre und sie umarmt hätte, wie ein vom Einvernehmen der Erwachsenen beglücktes Kind. Sie sprach ein weiches Bulgarisch. Sie machte Fehler, spielte mit den Diminutiven, die für ihren Geschmack nie genügend Schattierungen boten.

Guéo stellte mich fröhlich vor:

»Hier ist sie, unsere zukünftige Schwiegertochter. Na, was sagst du, ganz prächtig wird sie sich neben Christo machen!«

Sie sah uns einen Moment lang an, ihn und mich, lächelte dann und lehnte sich zu Guéo wie eine Zahnärztin über einen zahnlosen Patienten, der verrückt genug war, zu glauben, dass seine Milchzähne wieder nachwachsen würden.

»*Nou*[3] also, worauf wartest du? Sie müssen sich unbedingt kennenlernen, unsere *maluichiki*[4]! Nächsten Monat ist Christo wieder zurück. Sie begleitet dich ins Sanatorium, nehme ich an …«

Und in diesem »nehme ich an« blitzte etwas auf, als würden all die Zeichen, die Guéo und ich mit Zaubertinte geschrieben hatten, um die Anstürme einer immer wieder bekämpften und doch wiederkehrenden Verwirrung zu löschen, von ihren Augen blau eingefärbt.

»Gut, ich gehe jetzt mal, hier bekomme ich sonst noch Sodbrennen. Im Sanatorium werdet ihr es besser haben«, lächelte sie wieder. Und setzte hinzu: »Und passt gut auf euch auf!«

Wem riet sie, gut auf sich aufzupassen?

Guéo, was für eine Idee! Mich mit deinem Sohn zu verheiraten. Mich gleichzeitig wegzuschenken und über den Sohn zu behal-

---

3 »Na« auf Russisch

4 »die Kleinen«, auf Russisch, zärtliche Verkleinerungsform

ten. »Ich werde dich meinem Sohn Christo vorstellen. Er ist achtundzwanzig, lebt noch bei seiner Mutter. Als er geboren wurde, war ich so alt wie er jetzt …«, Guéo wiederholte, dachte und erklärte es ständig: »Du wirst zur Familie gehören …« Wie in einem Derwischschwindel hatte Guéo geglaubt, den erweiterbaren Rahmen zu finden, in dem wir alle enthalten wären. »Du wirst sehen, er wird dir schon gefallen …«

Es gab wohl einen Punkt, an den ich ihm nicht folgen konnte. Wie konnte er sich mich nur in den Armen seines Sohns vorstellen?

Ich las nicht mehr alleine, ich aß abends nicht mehr alleine und ging nicht mehr alleine zu Bett. Guéo kam mir gute Nacht sagen. Wir verscheuchten den Schlaf. Guéo stahl sich mitten in der Nacht auf Zehenspitzen davon. Ob er mich in meinem Schlaf schon küsste? Mir bereits ins Ohr flüsterte?

In diesem Jahr war der Zigeunersommer, wie der Altweibersommer in Bulgarien heißt, ganz besonders warm und lang. Frühmorgens oder nach Einbruch der Dunkelheit warfen die Herbstwinde feine, vor Kälte schneidende Klingen aus. Ihre Brise verkürzte die Tage und trocknete die Wärmesplitter wie die Schuppen der auf den Balkonen ausgebreiteten Sardinen, die vor dem Winter eingeholt werden mussten.

Und der Winter kam, überrollte den zögerlichen Übergang der herbstlosen Tage, fiel mit eisigen Regenfällen ein, die die noch warme Erde reinwuschen wie dampfende Teller nach einem Festmahl.

In einer hellen Winternacht werde ich, im Schnee sitzend, die Augen ins Dunkle gerichtet, aus vollem Halse rufen: »Die Unkenntnis hat etwas Wunderbares.« Ich werde auf Guéos Lachen warten, vergeblich.

Mit meinem »Externen-Status« habe ich erst recht kein Anrecht auf das Sanatorium, in das Guéo verlegt wird. Es ist für die höchsten Würdenträger des Regimes reserviert. Die obligatorische Stockwerkregel greift selbst an diesem entlegenen Ort. Eine kleine Insel dreißig Kilometer von Sofia entfernt, auf der sich die Eingeweihten einer Macht versammeln, die sich noch im Sattel hält, sich regelrecht abstrampelt, um weiter im Sattel zu bleiben.

Hier sind die Machthaber unter sich, im Schutz jenes großzügigen Anwesens, das mit verschwenderischen Mitteln erbaut wurde, nur für sie und ihre Nachbehandlungen in Sachen Herzinfarkt, Entziehungskur, Depression oder Ungnade. Der Präsident besitzt dort seine eigene Etage, aber das Volk sind sie.

Vor seinem Aufbruch ins Sanatorium hatte Guéo den Direktor des Regierungskrankenhauses in mein Zimmer bestellt. Guéo stand neben meinem Bett und erläuterte überzeugend, wie »absolut notwendig« es sei, dass auch ich verlegt würde. Der Direktor hatte mich mit dem Stethoskop abgehorcht, den Puls kontrolliert, Blutdruck gemessen und meinen Augenhintergrund untersucht. Er hatte so viel Zeit geschunden, wie er konnte, bis zum Schluss gezaudert und schließlich die Schultern sinken lassen.

»Wie Sie selbst wissen, Genosse, können die Ausnahmegenehmigungen für das Sanatorium nicht hier unterschrieben werden. Der Antrag muss beim Ausschuss des Politbüros eingereicht werden. Das Einzige, was ich tun kann, ist, eine entsprechende Empfehlung zu schreiben.

- Dann machen Sie!«, hatte Guéo kühl befohlen.

Und damit war die Diskussion beendet.

Wer war dieser Mann, der plötzlich vor mir stand? Aus seinen zusammengekniffenen Augen drang ein eisiger Blick. Seine Stimme klang metallisch. Ein Unbekannter hatte sich in diese fremde Stimme geschlichen, die keine Widerworte duldete.

Der Krankenhausdirektor antwortete eilig: »Selbstverständlich, Genosse.«

Und umgehend schrieb er Folgendes auf mein Krankenblatt: »Die junge Patientin, bei der die ersten Therapieansätze hervorragende Ergebnisse erzielt haben, dient uns im Hinblick auf die spezifische Nachbehandlung paralytischer Fälle als wichtiges Forschungsobjekt«; unten auf die Seite setzte er eine wacklige Unterschrift.

Was hatte das zu bedeuten?

In der folgenden Woche bekam ich die Ausnahmegenehmigung für meine Einweisung ins Sanatorium. Die Entscheidung war mit sechs gegen zwei Stimmen vom Gesundheitsausschuss des Politbüros bewilligt worden. Die »Gegenstimmen« stammten von zwei Chefärzten der Medizinischen Militärakademie. Sie argumentierten, es wäre sinnvoller, diesen Fall in einer Rehaklinik für verwundete Soldaten zu untersuchen. Ihre Streiterei hatte jede Frage über die eigentliche Legitimität meiner Empfehlung verdrängt. Die Kleinkriege zwischen den unterschiedlichen Abteilungen hatten die Diskussionen abschweifen lassen, und im Augenblick der Abstimmung schien sich niemand im Ausschuss wirklich mit »meinem Fall« zu befassen.

»Das ist eine gefährliche Waffe, um etwas für sich zu entscheiden: *Die Entscheidungsträger für etwas zu interessieren, was gar nicht zu entscheiden ist.* Es ist immer dasselbe in der Politik: Sobald die Extremitäten gut eingerahmt sind, muss man die gute, aber schmollende Mittelstimme umwerben. Nur sie kann einen Gewinner dazu bringen, auf die andere Seite zu wechseln. Man muss in den Randbereichen anfangen, um das Rennen später im Nahkampf auf dem Mittelfeld zu entscheiden. Zur Krönung sieht der Stimmenwerber dann sein lächelndes Antlitz auf der Siegertafel. Am Ende fragt niemand mehr nach dem ›Warum‹, das Einzige, was sie wissen wollen, ist: ›Sind wir dabei oder nicht.‹«

In unserem Sanatorium waren wir glücklich und ungestört. Wir lebten abseits der Wirklichkeit, abseits einer Geschichte, die innerhalb kürzester Zeit »historische Vergangenheit« werden sollte.

Friedliche Abende des Kartenspiels, mit Guéo und seinem Freund, dem polyglotten Diplomaten, sowie einer leitenden Angestellten aus der Kommunikationsabteilung des Politbüros. Sie hatte weißes Haar, drückte den Rücken durch und hielt sich kerzengerade. Sie ließ, schön und allzeit traurig, ihre chronische Migräne behandeln. Sie sollte einen ganzen Monat bleiben, womöglich länger. Manchmal war sie tagelang nicht zu sehen. Sie blieb in ihrem Zimmer, die Rollläden heruntergelassen. Das Licht verstärkte ihre Anfälle. Wenn sie endlich herauskam, war ihr Gesicht gezeichnet, ein unerklärlicher Schmerz blieb ihren Zügen eingeprägt, und ihre schwarzen Augen bewahrten das Geheimnis einer nicht vermittelbaren Reise. Wie schön sie war, wenn Guéo sie zum Lachen brachte! Er legte alle seine Karten auf den Tisch, die vier Asse, endlose Farbenfolgen, von Buben begleitete, mit Königen gepaarte Königinnen. Damals waren wir unschlagbar.

Draußen legte der Schnee eine dumpfe und warme Illusion über das Sanatoriumsgebäude. Besuche waren selten. Guéo arbeitete vormittags und nahm nachmittags Anrufe entgegen. Mein Zimmer lag auf demselben Gang, ein paar Türen von seiner Wohnung entfernt. Ich hatte ein Einzelbett und einen kleinen Lesetisch. Guéo hatte ein Wohnzimmer, ein Schlafzimmer sowie ein kleines Büro, in dem er seinen gewachsten Holzschreibtisch und die Pariser Lampe ans Fenster gestellt hatte. Beide Stücke folgten ihm bei jedem Umzug wie das Klavier eines innig mit seinem Instrument verschmolzenen Musikers.

Ich saß oft in seinem Wohnzimmer, hörte schweigend seiner Stimme zu. Manchmal lachte er am Telefon und wiederholte »das wird ihnen schon noch vergehen«. Aber wem sollte »das« vergehen? Und wie würde ihnen »das« vergehen?

Seitdem das Treffen mit seinem Sohn Christo feststand, schien Guéo zu glauben, dass es auch uns »vergehen würde«. Wir gingen spazieren, und er erzählte mir von seinem Sohn. »Ein anständiger Junge, du wirst sehen. Während meiner Amtszeiten in Damaskus hat er bei uns gelebt. Er hat Arabisch gelernt und schreibt ziemlich gut, aber seine absolute Lieblingsbeschäftigung ist Boxen. Sein bester Freund ist Leichtgewichtschampion. Du wirst ihn sicher kennenlernen, sie sind wie Brüder.«

Ich stützte mich auf seinen Arm, sank hin und wieder im Schnee ein.

Warum nur hatten Guéo und seine erste Frau, die russische Krankenschwester, ihren Sohn Christo genannt? Was hatte dieser Sohn mit Christus zu tun? Als Christo geboren wurde, war Christus aus Russland und aus Bulgarien bereits verstoßen, wie überall, wo der Kommunismus Einzug gehalten hatte. Vielleicht wegen der kleinen Kette mit dem Kreuz am Hals, die von Guéos Tante in Warna stammte? Hatte Guéo diesen Sohn schon einmal als Ersatz benutzt? Als Stellvertreter des Glaubens, von dem er selbst sich ausgeschlossen wusste? Christo war war nicht so ansehnlich wie die anderen Kinder, gedrungender, weniger grausam. Sein Kiefer war der gleiche, ein Kennzeichen Guéos. Ein willensstarker Kiefer, ein nie zur Ruhe kommendes Zermalmen. Im Schlaf pressen sie alle ihn zusammen.

Rasch erholten sich meine Muskeln, ich trainierte täglich. Mein Physiotherapeut machte sich Notizen und erhöhte nach und nach die Gewichte, die ich mithilfe einer an der Decke aufgehängten Beinschiene anheben sollte. Es gab Reifen, Streckübungen, unbewegliche Boote, elliptische Fahrräder, merkwürdige Schaukeln, auf denen ich das Gleichgewicht wahren und dabei ihre reaktionsschnellen Federn, die auf die geringste falsche Bewegung reagierten und mich abzuwerfen drohten, in Schach halten sollte. Es gab elektrische Stimulatoren, Vibrationsgürtel, eine Windmaschine, die mich, kaum dass ich stand, gleich wieder umwarf, das schräge Jonglierbrett für die Füße, und eine ganze Reihe anderer Geräte, mit denen ich nie in Berührung kam. Mein Physiotherapeut und ich waren die Einzigen in dem großzügigen Reha-Raum im Untergeschoss. Inmitten dieser unzähligen Apparate kam ich mir vor wie im Trainingszentrum des Weltraumbahnhofs in Baikonur. Außerdem gab es einen Schießstand, an dem weder kugelsichere Westen noch schallgedämmte Helme getragen wurden. Das Sanatorium kultivierte den Status der Exklusivität mit den erfinderischsten Ausschlussmöglichkeiten.

Gelegentlich schweife ich ab, weil ich nicht begreife, wo ich bin. In diesen Momenten habe ich den Eindruck, dass die Niederlage ausschließend wirkt, aber auch der Erfolg. Unkenntnis, Wissen, Schönheit, Hässlichkeit … Alles Ausschlussvarianten, unendliche »Jas« oder »Neins«. Ich suche nach etwas, das mich einschließt, und finde nur das Wasser.

Es ist weder das Ende der Welt noch das Gegenteil, es schließt die Luft nicht aus und verdunstet. In unserem Sanatorium befand sich das Wasser in einem großen, niemals randvoll gefüllten Schwimmbecken. Täglich tauchte ich in dieses Rechteck ein, komme wieder an die Oberfläche und atme kräftig aus, die Augen wegen des Chlors zusammengekniffen. Mehrmals wöchentlich reinigte das Personal das Wasser und prüfte seine Zusammensetzung. Niemand ging dort schwimmen, mit Ausnahme des Physiotherapeuten während meiner Trainingsstunden und der Frau mit der Migräne. Sie schwamm als Einzige ihre Bahnen mit Flossen an den Füßen und einer Bademütze auf dem Kopf. Guéo zog sie abends gerne auf: »Na, fühlst du dich wieder wie eine Meerjungfrau, Colombe Blanche?« Sie lächelte ihn kokett an: »Mein Mann wird mich irgendwann auch noch Colombe Blanche nennen, wenn du so weitermachst, Guéorgui.«

Das Sanatorium befand sich in einem vor dem Ersten Weltkrieg errichteten Gebäude, und an der großen Treppe, die zur Terrasse im ersten Stock führte, waren noch Spuren der fernen Nachbarin, der österreichisch-ungarischen Epoche zu sehen. Beiderseits der Stufen zierten gleichmütige steinerne Adler den unteren und oberen Teil der Aufgänge. In schönster Regelmäßigkeit hatten sie das Hin und Her der Schwestern beobachtet, treue Pflegerinnen der in den Ersten Balkankriegen verwundeten Offiziere; dann die geschmeidigen Körper verbündeter Nazi-Krankenschwestern. Und nun schauten ihre steinernen Flügel und Köpfe ohne nennenswerte Veränderung auf das Hin und Her unserer Ernährungsberaterinnen. In ein paar Jahren würden dieselben Adler an genau dieser Stelle sehen, wie der Leibwächter unseres Präsidenten, inzwischen selbst Ministerpräsident, mit seinen Ministern und Stellvertretern dasselbe Sanatorium aufsucht, um sich einer der begehrten Abmagerungskuren zu unterziehen.

Das Abendessen wurde für eine kleine Gesellschaft serviert: für uns vier Kartenspieler und ein paar andere Patienten, um fünf Tische verteilt, an denen die Gäste häufig wechselten. Das etwas zahlreichere Personal aß in einem beengten Raum auf der anderen Seite des Wandschirms, der den Speisesaal teilte.

Die Speisepläne wurden von Ernährungsspezialisten erstellt, die unsere Diäten in sechs Stufen staffelten: ohne Salz, ohne Fette, ohne Zucker, ohne Kohlenhydrate, ohne Fleisch und ohne Einschränkung. Lustlos kreuzten sie die Kästchen an, überwachten aber strikt die Kurven unserer früheren und aktuellen Urin- und Blutwerte. Die Bemühungen des Personals waren beachtlich. Den Bonzen, die sich nie einschränken mussten, solche Einschränkungen aufzuerlegen, war keine leichte Sache. Doch Ausdauer und Hartnäckigkeit, loyale Konkubinen der Machtlosen, lieferten trotz allem Resultate.

Problematisch war der Volksfeind Alkohol. Er blieb verhältnismäßig verboten und verhältnismäßig erlaubt. In gewisser Weise wurde er von denen geschützt, die selbst darüber befanden, was mit dem Etikett »Volksfeind« versehen wurde und was nicht. Die Patienten des Sanatoriums waren dieselben, die sowohl für Dinge als auch für Personen entschieden, ob »dieses« oder »jenes«, ob »der hier« oder »die dort« als »Volksfeind« etikettiert werden sollte. Wem dies widerfuhr, klebte für alle Zeiten ein unsichtbarer Stern auf dem Hemd. Er konnte also, samt seinen Angehörigen aus der Umlaufbahn des eigenen Lebens herauskatapultiert werden, oder aber, wenn der »Feindesgrad« als besonders hoch galt, wurden seine Angehörigen in die diametral entgegengesetzte Umlaufbahn geschickt. Eine Art Sparprogramm, eine »Delokalisierung« oder »Ausbürgerung«, eine Sache des »freien Willens«.

Die einzige Bewegungsfreiheit unserer Ernährungsberaterinnen im Sanatorium war die Freiheit der Angst. Zunächst die Angst, die sie den Bonzen einzuflößen vermochten, indem sie ihnen verheerende persönliche Folgen prophezeiten, falls sie sich den Einschränkungen nicht beugten. Diese Angst wiederum überschnitt sich mit der gegenläufigen Kurve einer anderen Angst: die der Ernährungsberaterinnen, die um ihre Existenz als festangestellte Ernährungsberaterinnen einer je nach Laune mehr oder minder skrupellosen Elite bangten. Am Schnittpunkt beider Kurven fand unsere friedliche kleine Sanatoriumswelt aufgrund eines unfehlbaren und simplen mathematischen Gesetzes zu einem dynamischen, aber stabilen Gleichgewicht.

Der Schnee meines ersten Winters mit Guéo rundete alle Formen. Unter seiner vergänglichen weißen Schicht blieben die Schritte der Außenwelt verborgen. Die zweite, nur für den Präsidenten eingerichtete Etage des Sanatoriums stand leer. Bei Tagesanbruch hörten wir die Schritte der Putzfrauen, die es unfehlbar reinigten. Niemand wollte riskieren, dass die Luft in den Winkeln einer seit fünfunddreißig Jahren in der Bauernhand von Präsident Ziwkow ruhenden Macht abstand. Die Präsidentenetage war allzeit bereit.

Doch die Ideen der Machthaber wurden immer undurchsichtiger. »Die staatliche Planung funktioniert nicht mehr«, hieß es. Verzögerungen und wirtschaftliche Fehlentscheidungen ließen allenthalben Zweifel aufkommen. Nach und nach siegte die Effizienz über die Ideen, und die meisten politischen Führer sahen ein, dass ihnen früher oder später eine radikale Veränderung bevorstehen würde. Sie wirkten erstarrt, als fühlten sie sich umzingelt, mit ihren Überlegungen am Ende. Ständig wiederholten sie, ihnen fehlten »richtige Denker«. Dabei hatten sie ebenso hartnäckig wie kontinuierlich selbst zur Verblödung dieser Denker beigetragen. Die Machthaber waren müde, und der Sinn ihres Handelns schliff sich ab wie ein Holzstück beim Abhobeln. Da sie nichts Neues mehr vorzuschlagen hatten, bemühten sie sich, die Dinge besser zu präsentieren, die Begeisterung mit Worten heraufzubeschwören. Den fehlenden Inhalt sollte eine noch schönere

Verpackung ersetzen. So gründeten sie innerhalb des Politbüros eine spezielle Direktion für die Kommunikation der »neuen Prioritäten der Partei«.

Diese Abteilung wurde von der schönen Frau mit der Migräne, Colombe Blanche, wie Guéo sie nannte, geleitet. Ein soeben erschienener Artikel über die Vorstellungen der *perestroika* einer ausgebrannten kommunistischen Gesellschaft bildete das Gesprächsthema an unserem Tisch. Als Schlagzeile erschien der Slogan: »Veränderung, jetzt«, gerahmt von zwei Portraitspalten, Marx und Lenin auf der einen, Gorbatschow und Reagan auf der anderen Seite. Später sollte diese Seite ohne Vorwarnung wieder auftauchen. Dann werde ich alles durcheinanderbringen, sein Gespenst wie auf Recyclingpapier mit demselben »Aufruf zur Veränderung« in Paris wiedersehen. Statt von Politikerporträts ist die Schlagzeile »Veränderung, jetzt« von Aktienkursen und -zahlen gerahmt. Eine Welt, die zum unangefochtenen *Einheitsregime* geworden war, sollte auf ihre eigene Weise jede Konfrontation vermeiden und sich fest an dieselbe fixe Vorstellung klammern: Es kann unmöglich anders sein.

An diesem Abend im Sanatorium höre ich jedoch beiläufig, wie Guéo sich an die Frau mit der Migräne wendet:

»Wir haben die wichtigen Wörter bis zum Gehtnichtmehr verschlissen, niemand will sie mehr hören.«

Er trommelt mit den Fingern auf die Zeitung, schnippt gegen einzelne Wörter wie beim Murmelspielen auf dem Schulhof und fährt mit gereizter Stimme fort:

»*Freiheit*, von wem? *Volk*, welches? *Anstrengung*, *Solidarität*, weshalb … Na los, macht schon, wenn ihr daran glaubt!«

Guéo runzelt die Stirn:

»Warum redet ihr ins Leere?«

Colombe Blanche versucht sich zu verteidigen.

»Wir reden nicht ins Leere, Guéorgui. Wir erinnern nur unter den neuen Bedingungen der *glasnost*[5] an all das.«

Guéo unterbricht sie.

»Und wozu *glasnost*, wenn ihr doch alle *bezglasnii*[6] seid.«

Sie versucht neu anzusetzen.

»Aber nein, Guéorgui, wir sind nicht ›ohne Stimme‹, es gibt nur Grundlegendes, gegen das man nicht ankämpfen kann.«

Guéo geht nicht darauf ein und fährt, lauter werdend, fort:

»All euer Gerede ist jetzt in zwanzig Wörtern abgehandelt, die ständig wiederholt werden, ein Bla-bla-bla ohne Thema, leere Linien, die kein Mensch unterschreibt. Wir wissen nicht mehr, was wir wollen. Siehst du das denn nicht! Welche Ideen haben wir? Was wollen wir?«

Er senkt die Stimme und sieht Colombe Blanche in die Augen.

»Das alles führt zu nichts. Wir sind darauf dressiert, zu Veränderungen aufzurufen, damit sich bloß nichts ändert.

- Das stimmt nicht, Guéorgui, die Dinge ändern sich, wir arbeiten daran, es den Leuten klar zu machen, ohne die Vergangenheit zu vergessen. Aber unsere wesentlichen Grundsätze dürfen dabei nicht aus dem Blick geraten.«

Colombe Blanche verzieht das Gesicht, ihr Körper wird noch steifer, aber Guéo fährt fort:

»›Unsere wesentlichen Grundsätze ... ‹, dass ich nicht lache, das ist das Erste, was uns aus dem Blick geraten ist. Hört auf mit euren Litaneien, die Leute wollen etwas anderes hören als diesen Schwachsinn. Wir brauchen Scharfsicht, Colombe, neue Ideen, Gesetze! Die Leute verzehren sich nach einer Welt, die sie hinter der Mauer für offen halten. Wir alle hier wissen, dass das nicht stimmt. Denk nur mal,

5 »laute Stimme«, »Durchsichtigkeit« auf Russisch

6 auf Russisch »ohne Stimme«

wie verloren sie wären …«

Guéo leert sein Glas und bekommt einen seltsamen Gesichtsausdruck. Seine Augen heften sich auf ein Anderswo.

»Wir sollten uns eine geschmackliche Ohrfeige einfangen, Colombe, eine neue Lust an diesem *Möglichen* finden. Danach müssen wir suchen! Ein bisschen suchen, statt unsere Gaumen bis zum Überdruss mit Etiketten zu versehen … Wir schmecken nichts mehr, schau doch nur, wie wir geworden sind, trostlos und träge.«

Er starrt Colombe Blanche an, lässt sie nicht zu Wort kommen; sein Blick verdunkelt sich weiter.

»Mit wem redest du? Keiner unterschreibt deine Papiere, keiner! Wenn ihr in deinen Abteilungen den sterbenden Wörtern wenigstens ein bisschen Leben einhauchen würdet, vielleicht könnte es dann noch eine Weile funktionieren, Colombe.«

Wie immer, wenn Guéo auf das kommunistische Debakel zu sprechen kam, verdüsterte sich sein Gesicht. Die Falten auf seiner Stirn gruben sich tief ein, bis sie weiß wurden, und zwischen seinen Augenbrauen perlte Schweiß. Ob er bereits wusste, dass alles vorbei war? Womöglich hatte er schon begriffen, dass seine Schokolade keinen Kakao mehr enthielt, dass das kleine Kreuz am Hals seiner Tante die Leere einfing, die den Ausbruch neuer Balkankriege beschleunigen sollte, dass die Menschen sich nicht mehr um Menschen kümmern konnten und daher die Religionen zwischen ihren Mottenkugeln hervorholen würden. Wusste er, dass unsere irdischen Antworten nichts mehr besagten? Vielleicht sah er schon, wie die *God bless you*-Dollarscheine unsere Gebete in einen Himmel schickten, in dem über Antworten nicht gestritten wird.

Die Propaganda ergoss sich über uns alle. Die Überzeugungs- wich der Verführungskraft. Schon hatte sie in ganz Europa die Umkehr der jungen Geister bewirkt. Ich sollte entdecken, dass die Kommunikation auf der anderen Seite der Mauer besser lief. Es gab dort wirksame Zauberformeln. Ihre Slogans lieferten, was wir hören wollten, hier und jetzt, den Glauben bestärken an die Versprechen einer Zukunft, in der alles besser wäre – selbst wenn sie niemals eintreten sollte.

Während unserer Zeit im Sanatorium wusste ich vieles noch nicht. Dinge, die meine Sinne überraschten. Lächerliches und Lebenswichtiges dicht nebeneinander. Obwohl ich vieles noch nicht wusste, spürte ich es. Ich spürte, wie sich aus Sandkörnern Hügel bildeten, ohne dass sich ein einziges dieser Sandkörner von selbst seinen Platz suchte. Nichts sehen, höchstens einen Felsen bilden und den Wind eine Zeitlang neue Erhebungen aufwerfen lassen. Innerhalb unserer kleinen Geschichten auf die Meilensteine der Geschichte warten. Mit ein bisschen Glück gehörten wir zu den Sandkörnern am Fuß oder auf dem Gipfel des Felsens. Das einzig unbestreitbare Privileg, die einzig souveräne Entscheidung, die uns blieb, war, uns nicht zu verzetteln, uns wenigstens eine Möglichkeit zu erhalten, das Dasein zu genießen. Ob das genügte? Ich hielt es für notwendig. Ich redete mir ein, dass es genügte, doch der Schlaf kam mir abhanden, und morgens musste ich immer stärker nachhelfen, um mein Lachen, in das sich eine unbekannte Traurigkeit mischte, hervorzuholen.

Vielleicht war es an jenem Freitag, dem Tag vor Christos geplantem Besuch, dass Guéo und ich uns zum ersten Mal küssten.

In den Zimmern des Sanatoriums standen Körbe mit exotischen Früchten: Bananen, Orangen, Clementinen. Es war ein ganz besonderer Winter für Früchte aus Kuba. Es gab sie in Hülle und Fülle: auf den öffentlichen Märkten, in den Provinzstädten, selbst noch in den entlegensten Dörfern. Das war ebenso selten wie ungewöhnlich.

An diesem Abend bot der polyglotte Diplomat seiner Mitstreiterin, Colombe Blanche, am Bridgetisch das Obst an und scherzte: »Probier doch mal die präsidiale Passionsfrucht.«

Über die Geschichte wurde im Sanatorium viel gelacht. Fidel Castro hatte sich unsterblich in eine schöne und kurvenreiche bulgarische Sängerin verliebt. Diese Leidenschaft, die in jenem Winter ihren Höhepunkt erreichte, hatte Bulgarien mit kubanischen Früchten überschwemmt. Das gesamte Land war in den Genuss eines noch nie gesehenen Imports gekommen, Schluss mit den Privilegiertenetagen auf den Märkten, mit endlosen Schlangen und horrenden Preisen fürs Volk. Alle, ausnahmslos alle, aßen wir uns in diesem Jahr an Bananen und saftigen Orangen satt.

Das Lachen an unserem Spieltisch nahm zu:

»Habt ihr schon gehört? Jetzt haben sie den Chef der Flughafenversorgung gefeuert.«

Die Geschichte machte zuerst in internen Kreisen die Runde, kein Wort darüber in den Zeitungen – natürlich nicht. Fidel Castro wartete auf seine Dulcinea, die jedoch nicht wie verabredet in Havanna eintraf. In diesem Jahr hatten wir zwar mehr als genug Orangen und Bananen, dafür fehlte das Benzin. Es gab drakonische Rationierungen, endlose Schlangen, Bezugsscheine für jeden einzelnen Liter, geschickt aufgestellte und von Fall zu Fall ebenso geschickt abgewandelte Regeln. Die Bevölkerung wartete an leeren Tankstellen. Die öffentlichen Busse blieben einfach plötzlich liegen, und die Leute stiegen schweigend aus, um zu Fuß weiterzugehen. Sogar der Militärflughafen unterlag Übungsbeschränkungen und Flugbegrenzungen. In bester Absicht hatte sich nun jemand geweigert, die Erlaubnis für eine Tankfüllung des eigens für die Sängerin gecharterten Flugzeugs nach Kuba zu unterschreiben. Castro war aus der Haut gefahren, hatte höchstpersönlich angerufen und angeordnet, das Flugzeug möge binnen einer Stunde starten. Eilig beschlagnahmte man die Treibstoffreserven aller Flugzeuge des Warschauer Pakts, der NATO des Ostens. Detaillierte Berichte kamen in Umlauf, die Angelegenheit wurde auf höchster Staatsebene behandelt – und schließlich konnte die Sängerin mit ihrem entflammten Liebhaber dinieren.

Guéo lachte. Er lachte, warf dabei den Kopf zurück und klopfte sich auf die Knie. Auf dem Grund seiner Augen ein Schleier von Traurigkeit.

Er wandte sich zu Colombe Blanche und sagte leichthin: »Hier, das müsstest du mal dem Volk erzählen! Warum soll es nicht erfahren, wem es in diesem Winter diese selten guten Früchte zu verdanken hat? Rede mit ihm, erzähl es ihm! Überbring ihm die frohe Botschaft. Du wirst schon sehen: Die Leute sind von diesen göttlichen Früchten besänftigt, sie werden sich freuen. Sie werden beglückt erfahren, dass ihre

Führer liebestolle Götter sind. Nun mach schon, Colombe, du bist die Wortführerin!«

Es war ihr peinlich, ihn so sprechen zu hören. Der polyglotte Diplomat lächelte, sagte jedoch kein Wort. Colombe Blanche versuchte, sich mit einer Kopfbewegung meine Zustimmung zu sichern: »Ach, die Männer«. Würde sie, wie ich, noch Jahre später an diesen Abend zurückdenken? Als die historischen Gespräche zwischen dem Inselstaat und Amerika eröffnet wurden und die freie Presse in kaum achtundvierzig Stunden Havanna verließ. Als eine andere Liebesgeschichte, diesmal im Weißen Haus, die Welt in Atem halten sollte. Wäre Guéo dagewesen, hätten wir wie damals darüber lachen können. Wir werden jedoch nie erfahren, ob auch die berühmte Zigarre ein Geschenk aus Kuba war. Später entdeckte ich, dass die freie Presse die Freiheit hatte, Prioritäten zu setzen; bekam den Eindruck, dass die Leidenschaften über die Ideen triumphieren. Doch im Sanatorium glaubte ich noch, dass die Ideen Rückschritte machen, wenn die Herzen nicht mehr bei der Sache sind. In meinem Kopf konnte jederzeit alles von neuem beginnen. Unseren Leben Löcher zufügen, Gulags, Gaskammern, Kreuzzüge, schwarze Listen der Verzweiflung.

Ich hatte Angst vor der unsäglichen Leichtigkeit, mit der wir uns abwenden. Ich begriff nicht mehr, wo ich anfing, wo ich endete und wo der andere anfing. Die Wirklichkeit, in der ich mich verlor, entglitt mir.

Betrunken baute Guéo sich auf und schwang seine Reden. Wie ein Operettensänger riss er selbstgewiss die Arme hoch und brüllte Colombe Blanche entgegen:

»Sag das deinem Volk! Sag ihm: ›Habt keine Angst!‹ Das Volk wird auf dich hören, das schulden wir ihm, Colombe. Na los, ein bisschen Komplizenschaft, sag ihnen einfach: ›Es gibt da eine Königin, eine feurige Sängerin, die unter ihren Füßen nach Belieben Orangen sät.‹ Sag ihnen: ›Der Inselherrscher wird ganz krank, wenn er abends nicht an ihrer Seite speisen kann. Habt keine Angst! Er ist nur darauf angewiesen, dass sie *Besame mucho* für ihn singt.‹ Sag das deinem Volk, schöne Colombe, und du wirst sehen, der Kommunismus ersteht aus der eigenen Asche neu!«

Guéo sank auf seinem Stuhl zusammen. Sein Körper wurde schlaff. Eine verbleibende Kraft noch in seiner Hand. Guéo ballte die Faust und wollte auf den Tisch schlagen, als umklammerte er einen Flusskiesel, doch seine Hand verfehlte die Tischkante, und sein Körper sackte reglos auf dem Stuhl zusammen. Seine Beine glitten unter den Tisch und landeten auf meinen Füßen. Ich rührte mich nicht, musste die Muskeln anspannen, um meine Füße fest auf der Stelle zu halten. Ich hatte das Gefühl, Guéo würde vollständig heruntergleiten, wenn das Gewicht seines Körpers nicht aufgehalten würde. Weinte oder lachte er?

Hinter dem Wandschirm erhob sich das Sanatoriumspersonal. Fassungslose, starre Gesichter von Menschen, die nicht wussten, was sie tun sollten, eingreifen oder stillhalten. Der polyglotte Diplomat lächelte nicht mehr, packte Guéo und zwang ihn, sich wieder aufzurichten.

»Guéorgui, hör auf, du bist betrunken, mein Lieber, du weißt nicht mehr, was du sagst. Hier kannst du nicht so schreien.

- Nirgendwo kann man mehr schreien, Stamo«, sagte Guéo leise und stützte sich auf den Arm des polyglotten Diplomaten.

An diesem Abend hören wir früher als sonst mit dem Kartenspielen auf. Obwohl seine Zunge ihm nicht mehr gehorcht, setzt Guéo hinzu:

»Die junge Dame muss heute früh ins Bett. Morgen stelle ich ihr ihren zukünftigen Verlobten vor, meinen Sohn höchstpersönlich. Ihr seid selbstverständlich als Ehrengäste zur Hochzeit eingeladen.«

Die erzwungene Fröhlichkeit am Tisch zieht traurig meine Wangen nach oben. Ich bin mit allem, was gesagt wird, einverstanden und höre mir lächelnd die guten Wünsche und Scherze des Diplomaten an:

»Ach, das ist ein hochanständiger Junge! Er hat nur einen Fehler: seinen Vater! Aber dafür kann er ja nichts ...«

Colombe Blanche tätschelt mir vergnügt die Hand:

»Hör nicht auf sie. Weißt du, ich habe Christo aufwachsen sehen, ich kenne keinen netteren Jungen als ihn ...«

Ich kehre in mein Zimmer zurück, mit zusammengeschnürter Brust. Langsam sammeln sich Tränen unter meinen schweren Lidern.

Wie gewöhnlich will Guéo mir unbedingt Gute Nacht sagen. Ich weine in meinem Bett, bebe wortlos. Er nimmt mich in die Arme und nennt mich zum ersten Mal »Alba«: »Alba, nicht weinen, Alba, ich kann nicht anders, ich kann nicht anders, meine Alba.«

Ich drücke ihn an mich. Ich ziehe ihm den Morgenmantel aus, lege meinen Kopf an seine Schulter, benetze seinen Hals mit meinen Tränen. Er zieht mir mein Schlafanzugoberteil aus. Er beißt in meine Brüste, küsst mir den Bauch, und ich drücke mich an ihn. Er legt sich auf mich, und ich hebe meine Hüften unerwartet geschmeidig an. Während er mich auszieht, fühle ich in meinen Beinen, die seinen Händen nachspüren, eine neue Gelenkigkeit. Unsere Stirnen berühren sich, unsere Hände brennen.

»Meine Alba, mein Sehnen ...«

Ich atme seinen Geruch ein, lecke seine Achseln, beiße ihm in den Hals. Kann meinen Mund nicht mehr von seiner Haut nehmen. Mit meinem ganzen Körper klammere ich mich an ihn, und allein durch das Schaukeln meines Hinterns, der seine Hände ganz ausfüllt, finde ich sein Glied. Abrupt reißt sich Guéo aus meinen Armen los und rückt von mir ab.

»Ich kann nicht, ich kann nicht, Alba.«

Sein Körper wird von einem Weinkrampf geschüttelt. Allmählich trocknet die Verzweiflung uns aus und drängt uns aneinander. Wir sind nackt und verlassen, die Nacht deckt uns zu.

Am nächsten Morgen drückt er mir einen Kuss auf die Stirn und streicht mir flüchtig übers Haar. Ob wir in dieser Nacht geschlafen haben? Ein paar Minuten vielleicht, Hand in Hand, die Beine ineinander verschränkt. Auf unseren Uhren ist bereits Tag, doch jetzt im Winter noch ohne Licht. In einiger Entfernung teilt das Geräusch einer Tür die Stille. Die Laken speichern Guéos Geruch, das Kopfkissen seine Tränen und den Schweiß unserer Stirnen. Ich atme sie ein.

Als er geht, lächelt er mir zu, einen Ratschlag auf den Lippen: »Schlaf noch ein bisschen und wasch dir die Haare, ich will, dass du schön bist. Er kommt um elf Uhr. Ich ruf dich aus meinem Zimmer an. Sei bitte da!«

Ich habe alles versprochen, alles vermasselt. Nur uns nicht.

Nur uns nicht, weder unseren fleischgewordenen Geist, noch den Gleichklang unserer Körper.

Beim ersten Klingeln nahm ich ab. Meine Haare sauber und gekämmt, ein schwarzer Lidstrich über den Augen. Heute hatte ich meinen Schlafanzug und den Morgenmantel nicht anbehalten. Ich fand eine enge Jeans und einen hellbeigen Wollpullover. Mit meinen nackten Füßen schlüpfte ich in die alten ungarischen Turnschuhe, die ich kaum noch auszog, seitdem ich wieder zu laufen angefangen hatte. Ich wusste nichts von hohen Absätzen, Lippenstift oder Kleidern. Wie nur habe ich die zwanzig Meter Flur zurückgelegt? Ich klopfte leise an seine Tür, und Guéo öffnete mit dem Lächeln eines Riesen.

Christo saß in dem Sessel, der meinem Stammplatz gegenüberstand. Guéo nahm sich einen Stuhl, den er schräg zwischen die beiden Sessel gestellt hatte. Die Sitzfläche war höher und brachte ihn in eine unbequeme Haltung. Er saß auf der Kante, als wollte er gleich wieder aufspringen.

Christo tat, als sei er entspannt, gelassen und natürlich. Womöglich tat er gar nicht so. Guéo trug eine Heiterkeit zur Schau, die sich in den Falten seiner müden Augen verfing. Auf seinem Kinn klebte ein winziges Stück Papier über einer Rasurwunde. Christo sprach ihn darauf an: »Du bist aber schön verziert heute Morgen, Paps«, und fasste sich an die entsprechende Stelle in seinem eigenen Gesicht, wie ein siamesischer Zwilling, der einen für beide lästigen Makel beseitigt. Guéo nahm das kleine Papierstück ab, sein künstliches Lächeln wirkte noch gezwungener. Ein rotes Tröpfchen erschien wieder auf seiner Haut. Er servierte Kaffee, und wir steckten uns Zigaretten an. Die Rauchsäulen gingen ineinander auf und schwebten über einem Spalt Winterlicht, der gerade zwischen die Vorhänge gedrungen war. Der Kaffee war sehr heiß. Wer ihn wohl aufgebrüht hatte? Und wann? Er war kochend heiß. Christo trank ihn ohne Zucker, das würde ich mir nun merken müssen.

»Papa hat mir viel von Ihnen erzählt. Ich freue mich, Sie kennenzulernen.«

Wie hochtrabend und angemessen sein Siezen war.

»Mir hat er auch viel von Ihnen erzählt, offenbar können Sie Arabisch. Ist das eine verständliche Sprache?

- Ja, sehr, ein bisschen zu bildreich, aber absolut klar. Als Papa mir Ihren Vornamen nannte, habe ich nachgeschaut, was er auf Arabisch bedeuten könnte. Es heißt womöglich ›zwei Herzen‹, hier die Silben.«

Und er begann sorgfältig, lianenartig verschlungene Zeichen auf ein Blatt zu zeichnen und mir ruhig zu erklären, wo sich in diesem Wort die Wurzel für den jeweiligen Sinn befand.

Seine Gesichtszüge waren fein, wie von Guéos Gesicht abgepaust, allerdings mit einem schlecht gespitzten Bleistift, der ein paar Unterschiede durchscheinen ließ. Er neigte sich freundlich vor, sein Körper war leicht und gelenkig. Er hatte eine andere Hautfarbe als sein Vater. Blass, etwas gelblicher, und seine Augen waren strahlend blau. Es war schwer, seinem Blick standzuhalten, das kristalline Blau hypnotisierte. Ich hatte das Gefühl, dass mein Blick verdunstete, dass ich ihn erst wieder füllen müsste, um seinen Augen standhalten zu können. Guéos Augen waren schwarz. Ich konnte sie lange und gelassen ansehen. Ihr Schwarz war dicht und hatte mich an eine kontinuierliche Strömung gewöhnt.

Guéo hatte es so arrangiert, dass er angerufen wurde. Womöglich hatte er aber auch gar nichts arrangiert. Eine dringende Angelegenheit, nur fünf Minuten, er bedauere, uns alleine lassen zu müssen. Wir taten als glaubten wir ihm, und Guéo brach, auf die Obstschale deutend, hastig auf:

»Nehmt euch, Kinder, sie sind ganz frisch, ein Geschenk von Genosse Castro«, sagte er vor der Tür und zwinkerte uns ebenso sanft wie traurig zu.

Als wir alleine waren, reichte Christo mir ein Päckchen.

»Hier, ich habe Ihnen Musik mitgebracht, Sie müssen sich mit den ganzen alten Leutchen ganz schön langweilen ... Papa ist ja auch nicht gerade ein Jazzfan. Sein Ding sind Geigen, damit kann er sich stundenlang einschließen ..

- Und meins ist das Klavier, antworte ich kurzangebunden.

- Das macht nichts, ich bin sicher, es wird Ihnen gefallen.«

Ungeschickt öffnete ich das Päckchen und entdeckte zwei Kassetten, von einem ehemaligen Beatle und von den Bee Gees. Ich stammelte einen Dank und legte schnell eine der beiden Kassetten in den Rekorder. Durch die Bewegung gewann ich ein wenig Sicherheit. Ich nahm die Kassette heraus, die seit dem Vorabend im Fach steckte, Rostropowitsch, »Rostro«, wie Guéo sagte, mit Beethovens Streichquartetten. Die Bee Gees erfüllten das Zimmer mit einem langsamen Song, steif wie ein abgestorbener Muskel, der neben dem Rhythmus schlug.

Guéo kam nach einer halben Stunde zurück, erfasste die Situation mit einem Blick und beschloss, das Treffen zu beenden. Beim Gehen wandte sich Christo zu mir:

»Papa hatte Recht, Sie sind ausgesprochen hübsch. Nächstes Wochenende organisiere ich eine Party bei mir, wollen Sie kommen? Dann kommen Sie mal aus diesen vier Wänden heraus und auf andere Gedanken ...«

Daraufhin schaute er seinen Vater an und sagte augenzwinkernd:

»Nicht wahr, Papa, das wirst du schon einrichten können? Wir bringen dir deinen Schützling auch in bester Verfassung wieder zurück.«

Klang ein Vorwurf aus seiner Stimme? Eine gewisse Bitterkeit? Ich weiß nicht. Was hatten sie vereinbart, Guéo und seine Krankenschwester, sein kleiner Schatten, Christos Mutter? Wie weit würde sie gehen, um Guéo zu helfen? Und wo hatte ihr Sohn, ihr prächtiger Sohn, seinen eigenen Kummer verschlossen, um seinem Vater beizustehen? Ob er wusste, wie entsetzt wir waren?

Ich ging tatsächlich auf seine Party. Christo hatte Recht: Guéo hatte »es für mich eingerichtet«. Ich besuchte Christo immer wieder. Tanzte und schlief mit ihm. Oft aß ich abends mit ihm und seiner Mutter, der sanften russischen Krankenschwester, die ihren Sohn darbot. Sie räumten sogar ihre Sachen zusammen, leerten ein paar Schachteln und fanden im Badezimmer noch einen Platz für meinen Waschbeutel. Unsere Frühstücke waren ausgelassen, abends trafen wir uns unbefangen wieder, räumten das Geschirr auf und erzählten von unserem Tag.

Der Kommunismus hatte den Besitz von Ländereien verboten, aber seine eigentliche Niederlage bestand darin, die Herzen besitzen zu wollen. Die Lager und die schamvollen Nächte ihrer Anstifter, ihrer Entscheider, auch Guéos, waren voller Männer und Frauen, die sich lediglich ihre unberührbaren, unveräußerlichen Herzen bewahren wollten. Ich habe Guéos Herz nie besessen. Auch er hat meines nie besessen. Wir haben sie lediglich im Gleichtakt schlagen lassen. Waren wir frei? Und das Herz seiner ersten Frau, seiner geliebten Krankenschwester? Und das seines Sohnes, seines geliebten Erstgeborenen? Was hatten wir damit gemacht? Zu welchen Raubtieren waren wir mutiert?

Ich biss die Zähne zusammen und klammerte mich fest.

Eines Nachts, während ich in Christos Armen schlief, hörte ich meine Haut. Christo hatte mich gewollt, noch einmal, mitten in der Nacht. Er hatte seine Hand ausgestreckt und meine Brüste gestreichelt. Hatte seinen Bauch an meinen Rücken gepresst, zwischen meine Beine gefasst und mir mit winzigen, sanft in den Nacken gedrückten Küssen kleine Anzüglichkeiten zugeflüstert. Noch schlafend zerkratzte ich ihm das Gesicht, brüllte den Namen seines Vaters. Ich trat mit den Füßen nach ihm, spaltete ihm die Lippe, biss und bespuckte ihn. Unkontrollierte Wut. Noch nicht genug: Als ich mich zum letzten Mal vor ihm anzog, trat ich immer noch auf ihn ein.

Christo begann zu boxen, boxte seine ganze Wut ins Leere. Er streckte mich mit einem Schlag zu Boden wie in einem der Boxkämpfe, zu denen er mich mitnahm, wo ich die schweißnassen Gürtel seiner Freunde anfassen sollte und er mir zeigte, wie die Muskeln zu einer unantastbaren Materie zusammenwuchsen. Ein Schlag traf mich, ein einziger verirrter Schlag. Ich hatte den Mund voller Blut, einen ausgeschlagenen Backenzahn und ein Herz in Freiheit.

Seine Mutter, die russische Krankenschwester, kam mir zu Hilfe, versorgte mein Gesicht und sammelte weinend und zitternd die Reste meines Zahns vom Teppich.

Ich wollte mich bei Christo entschuldigen, ihn um Verzeihung bitten, ihm sein Foto zurückgeben, mich von ihm verabschieden, aber er war nicht mehr da. Der Sohn war gegangen. Weit weg, zu seinen Freunden, den Arabern in Damaskus, um ein zerbrochenes Früher wiederzubeleben.

Mein Unterkiefer war durch Christos verfehlten Schlag angebrochen worden. Seine Mutter hatte mich in die Notaufnahme gebracht. Einer ihrer Arztfreunde war gekommen um mich abzuhorchen und ohne weitere Fragen die entsprechenden Papiere über einen »leichten Haushaltsunfall« auszustellen. Er schrieb mich drei Wochen lang krank. Mein Gesicht war entstellt, die Schwellung würde Wochen brauchen, um abzuklingen. In meinem Mund fehlte ein Zahn, der daneben war halb zerbrochen.

Die ausgesuchte Sanftheit von Guéos erster Frau war durch die Angst erstickt worden. Eine verheerende Angst, die ihr Gesicht verzerrte, in ihre herrlichen Rundungen schnitt, die Stimmbänder abwürgte. Sie hatte alles getan, damit Vater und Sohn sich in dieser Nacht nicht umbrachten.

Sie hatte unterbunden, dass Guéo etwas erfuhr. Einsicht der liebenden Frau, die unter ihrer Zunge einen letzten Wassertropfen speicherte: eine Träne.

Von der Notaufnahme fuhr sie mich gleich bei Tagesanbruch zum Haus meiner Großeltern weit in der nordwestlichen Steppe des Landes. Sie erklärte ihnen, dass ich Erholung brauchte, mich niemand stören dürfe, dass sie sich nicht sorgen müssten und ich nicht in die Kälte hinausdürfe. Dann fuhr sie wieder. Ich habe sie nie wiedergesehen.

Sechzehn Tage, sechzehn Umdrehungen einer Erde, die sich für mich nicht mehr drehte. Ausradierte, von der Zeitkarte gelöschte Tage, in der Umlaufbahn des Nichts wieder zusammengenäht.

In meiner Zwangsisolation auf dem verschneiten Land taufe ich mein eigenes Dasein in eine friedfertige Leere um. So leer wie die kleine Pistole, die Guéo mir geschenkt hat. Eine bedeutungslose Form, ein gegenstandsloser Gegenstand, ein Griff, ein Kolben, der, einfach weil er da ist, gehalten werden muss. Dabei hegten meine siebzehn Jahre eine ferne Erinnerung und ein ruhiges Zutrauen in die Gegenwart einer Zukunft, in eine schachtelbare, nie geradlinige und vom Metronom der Minuten geregelten Zeit.

Ich bleibe die ganze Zeit bei meinen Großeltern, denen Guéo und seine Kumpanen alles genommen haben. Um ihre Jugend betrogene, ihrer Gedanken beraubte alte Leute. Ohne je in einem Gulag gewesen zu sein, haben sie ihr eigenes Leben zu einem Gulag gemacht. Auch sie haben ein Kind geopfert, ihre Tochter, eine große rothaarige Schönheit mit grünen Augen, die wegzog, um mit ihren Händen an einem Traum zu bauen, den nicht sie geträumt hatten.

Meine Großeltern wechseln die Kompressen, die ihnen Guéos erste Frau dagelassen hat. Sie schütteln den Kopf, wenn sie mich weinen sehen, und fragen nie. Nicht die geringste Frage. Gut geknebelte Münder, mit fruchtlosen Schweißperlen gefütterte, auf immer verschlossene Münder.

Sanft, friedfertig und arbeitsam, hatte Lamartine über ihre Vorfahren notiert, als er vor langer Zeit unser Land bereiste. Einfache Leute, die sich nicht an einem Schwächeren abreagieren können, mit Ausnahme der Zigeuner in ihren Sandalen, die ihnen im Sommer aus dem kleinen Hof hinter dem Haus ein paar Wassermelonen klauen.

Von der Nomenklatur hatten sich meine Großeltern willig ihre Träume und Ländereien, ihre Tochter und ihr geruhsames Leben nehmen lassen. Aber mit den Zigeunern kennen sie keine Gnade. Um nichts in der Welt würden sie ihnen die paar Wassermelonen gönnen, die sie selbst gar nicht alle essen können. In den Sommern meiner Kindheit sah ich, wie sie in wilden Horden mit ihren zahnlosen Mistgabeln die Zigeuner jagten, bereit, sie zu Tode zu prügeln, den Bauch von abgründigem Hass zerfressen. Ihre Sündenböcke waren die Zigeuner.

Ich spreche kaum, bleibe in meinem mit einem Holzofen beheizten Zimmer. Großvater füllt ihn mit Scheiten und Holzkohle, und Großmutter bringt mir die Suppe. Ich lese Tag und Nacht, lese Bücher zum zweiten Mal, die ich in einem früheren Sommer vergessen hatte. Ich kann nicht kauen. Die Suppe pappt in meinen Arterien, von ihrem Geruch krampft sich mein Magen zusammen. Einmal schenkt Großmutter mir gerührt eine kleine Staude Bananen, wie Überlebende des letzten Castro-Winters. Sie serviert sie mir püriert, mit Zucker bestäubt. Wie war sie nur an diese verwünschten Früchte gekommen? Für wen hatte sie ihre Spardose geleert, um sie zu beschaffen?

Die Fenster meines Zimmers sind mit Zeitungspapier beklebt, ihre verblichenen Schlagzeilen verheißen die Reform der Zukunft, halten aber die Kälte nicht auf. Ich zerreiße sie, und endlich leisten mir die Zweige eines verschneiten Baums Gesellschaft. Den einzigen Vorwurf, den einzigen Tadel, den ich von meinen besorgten Großeltern zu hören bekomme, betrifft das Abreißen dieses Zeitungspapiers. Die einzige Frage, die sie mir stellen: »Warum hast du das bloß gemacht? Das solltest du doch nicht abreißen, du wirst dich noch erkälten.«

Guéo brauchte sechzehn Tage, ich musste sie gar nicht erst zählen, sie hatten sich in meinen Venen festgesetzt. Der Briefträger brachte eines Morgens ein Telegramm aus Sofia, nur mit einer Telefonnummer.

Ich warf mir ein Lammfell über, schlüpfte in meine Stadtstiefel und rannte los, ohne meinen Atem zurückhalten zu können, der in einer kleinen Wolke vor mir herjagte. Meine Schritte knirschten rhythmisch im weichen Schnee auf der Straße, der Wind hüllte mein Gesicht in Kälte.

Da waren die vielen Kilometer durch den Schnee, die Stunden des Wartens in dem kleinen Wäldchen, wo wir uns hastig in der einzigen Telefonzelle des Dorfs im Erdgeschoss des Rathauses verabredet hatten.

Der Dorfofen verströmte den Duft von Brot, das gerade für die abendliche Lieferung gebacken wurde. Er versorgte die beiden Nachbardörfer und das Heim meiner Kindheit bei den Großeltern.

Später, im Sommer, werden Guéo und ich auf das grüne, von den Gerüchen einer kargen Natur belebte Land zurückkehren, das zwischen den Wäldchen und den Verzweigungen eines kurzen Flüsschens liegt, zwischen den Tälern und den beiden Brunnen, an denen das Vieh früher zum Trinken rastete.

Wie verloren er in dem ganzen Grün doch war, mein Seemann, mein Bewohner der Meere! Er lief in meinen Spuren, wir rieben unsere Haut aneinander. Wir hatten sie an den hervorstehenden Wurzeln des alten Nussbaums zerkratzt, während wir auf dem Rücken liegend die bitteren Steinfrüchte zu treffen versuchten, die noch zu jung waren, um von alleine zu fallen.

Hier, in der im Winter verlorenen Telefonzelle, klammern sich meine vereinsamten Hände um den Hörer, und in meiner Brust bricht alles zusammen. Ich höre nur Guéos ruhige Stimme, »ich komme«, und in mein Gesicht kehrt Leben zurück. Eine unbändige Lebenslust und der Wunsch, die Zeit mit ihren grausamen Gesetzen, ihren maßlosen Maßeinheiten zu zerstören. Den ganzen Weg über, bis zum Wäldchen am Straßenrand in zwölf Kilometern Entfernung vom Dorf meiner Großeltern, verspüre ich ursprüngliche Freiheit.

Es dauerte fast drei Stunden, bis Guéo mit dem Auto aus Sofia da war. Ich hingegen rannte in weniger als zwei Stunden zu dem Baum, an dem wir verabredet waren.

Die Kälte hatte es auf mich abgesehen und holte sich ihre Munition direkt aus meinem Blut. Guéo fand mich verfroren und zitternd, einen gelblichen Fleck im Gesicht. Der Bluterguss an meinem Kinn hatte im Zeitraffer die Jahreszeiten überstanden, sämtliche Violettschattierungen durchlaufen, von Braun zu Grün gewechselt, bevor er nun einem Fleck Jodlösung glich. Er küsste und streichelte ihn, rieb meine Hände warm, atmete kaum.

Im überheizten Auto legte er seinen dicken Kaschmirmantel über mich. »Meine Alba.« Guéo, aus meinem schmerzenden Fleisch quollen Vulkane, als ich den unverwüstlichen Namen hörte, der auf seinem Weg alles zu verwüsten vermochte.

Die Kassette lief, die Geigen heulten, und flache Windböen fegten den feinen und trockenen, am Vormittag gefallenen Schnee vom Asphalt. Wir fuhren mit dreißig Stundenkilometern, weit und breit nur wir beide. Am Horizont die gedämpften Lichter einer kleinen Provinzstadt.

Wir waren allein im Hotel. Ein auf seinem Stuhl zusammengesackter Nachtwächter erhob sich und schloss uns beflissen die »große Suite« auf. Ein Blick auf Guéos Politbürokarte, und er war leichenblass geworden. Er schämte sich, stellte nicht eine Frage. Noch ganz verschlafen, zerfloss er in Entschuldigungen und ging schwankend vor uns her.

Niemand hatte die Fenster der Präsidentensuite geöffnet oder die Zimmer gereinigt. Wir waren hier nicht im Sanatorium, wo diese Aufgabe täglich anfiel wie das Tränken des Viehs. Hier stand kein Besuch zu erwarten, keine historische Mission, keine präsidiale Invasion, aber die Suite hatte zu existieren, sie musste da sein, allzeit bereit und verschlossen.

Sie bestand aus einer überdimensionalen, ein ganzes Stockwerk in Beschlag nehmenden und in jeder Hinsicht zusammengewürfelten Wohnung: in der Mitte des Wohnzimmers ein großer Tisch aus Massivholz, aber keine Stühle, eine niedrige Decke, ein Vorzimmer mit zwei Sofas unter handbestickten Bettüberwürfen, ein offener, abgestellter Kühlschrank sowie ein Schlafzimmer mit einem *King Size*-Bett, dessen Matratze unter den zu knappen Laken hervorragte. Die Ölheizung knisterte, an den Wänden rings um die Fenster saß Schimmel.

Ich zitterte, fest in Guéos Mantel gehüllt, und trank einen heißen Grog. Guéo hatte ihn unten in der verwaisten Hotelküche zubereitet. Der Wächter brachte uns zwei hartgekochte Eier, womöglich sein eigenes Abendessen.

Guéo nahm mich in seine Arme. Ich spürte seine Zunge in meinem Mund, den Schwindel eines lebenswichtigen Narkotikums.

Eine erste Nacht, erste Lust und Hingabe. Sein Saft in Strömen zwischen meinen Beinen. Erinnerungslose Hände erkannten die Schönheiten unserer Haut und unserer Seelen. Wir glitten ineinander, offen, schrankenlos. Die winterliche Stille umfing die Sprache unserer verschlungenen Körper. Wir liebten uns wie Ausgehungerte, die das Ende der Hungersnot zelebrierten. Und seine Augen, seine weitgeöffneten Augen.

Das Leben konnte schöner nicht sein. Wir streiften durch die Straßen, blieben nächtelang ineinandergeschmiegt. Er bewahrte sich das Lachen des Kindes, das von einer Zufallslaune aufgelesen worden war. Kurz war es, dieses herrliche Leben, doch was wollte Dauer schon bedeuten? Das Leben hatte wieder die Oberhand über alles andere gewonnen, weit über alles andere, bis über die Gesetze des zivilisierten Dschungels hinaus. In den Wogen unserer geglätteten Schicksale tauchte wieder ein Sinn auf. Während einer leuchtenden Nacht sangen unsere Körper. Wir hatten unsere Verletzungen geheilt und unsere Tränen abgeleckt.

In einem Boot mit zerbrochenen Rudern waren wir weit hinausgefahren.

Für die Abtreibung wollte Guéo mich möglichst diskret im Regierungskrankenhaus unterbringen. Da, wo wir uns begegnet waren.

Der Chefarzt auf der Geburtsstation kannte mich gut. Ein Jahr zuvor erst hatte er mich untersucht und mir die Wange getätschelt: »Das wird schon wieder, da bin ich ganz sicher, du bist bei bester Gesundheit. Die gynäkologische Untersuchung ist einwandfrei, deine Lähmung hat sich auf diesen Bereich überhaupt nicht ausgewirkt. Du wirst problemlos Kinder haben können.«

Am Ende der Untersuchung hatte er seine weiße Mütze abgenommen, sie an den Beinhalter des gynäkologischen Untersuchungsstuhls gehängt und, während er mir half, mein noch gelähmtes Bein aufzusetzen, gefragt: »Seit wann hast du denn Geschlechtsverkehr? Nimmst du die Pille?«

Die Pille kannte ich nicht.

Bei der kleinen Abschiedsfeier an meinem letzten Tag im Regierungskrankenhaus freute sich die gesamte Ärzteschaft, mich auf den Beinen zu sehen. Ich war ein kleiner Triumph über das »marschier oder krepier« ihres Alltags. Doktor Popow hatte mich damals auf die Wange geküsst: »Alles Gute für die kommende Zeit, und lass von dir hören!«

Jetzt siezte er mich.

Er hatte sich außerhalb der Klinik mit mir verabredet. Schwerlich konnte er mich dort empfangen, wo er den vergötterten Nachwuchs der Nomenklatura zur Welt brachte. An einem Tisch in einem sauberen Café mitten in der Innenstadt von Sofia schaute er ungerührt zu, wie ich ihm die Situation erklärte und stotternd meine Hände knetete: »Ich bin noch nicht achtzehn …«

Er sah mich ausdruckslos an. Er hatte mir das Treffen vorgeschlagen, weil er nicht anders konnte. Fragte, weshalb Guéo ihn angerufen habe. Es schien ihm unangenehm zu sein. Ihm etwas abzuschlagen, kam nicht infrage, jedes »Nein« ihm gegenüber könnte einmal zum Problem werden. Sie sind gut dressiert, die kleinen Lakaien der Nomenklatura, nie ein »Nein«, und jedes »Ja« zu barer Münze machen.

Doktor Popow bangt um seine Kröten. Ich sehe, wie er sich an das große Los klammert.

»Von wem ist dieses Kind?, würgt er schließlich hervor.

- Von seinem Sohn.«

Ich antworte, ohne zu begreifen oder irgendwie vorbereitet zu sein, zumal ich nicht wusste, dass von mir eine Erklärung verlangt würde. Ich antworte einfach, ohne nachzudenken. Musste das sein? Da Christo weg war, konnte niemand mehr verletzt werden. Nur ein weiterer Schmerz auf dem Grab unserer Herzen.

Doktor Popow nickt.

»Gut, vielleicht kann ich Ihnen helfen. Wir müssen mal sehen, das ist nicht so einfach …«

Und seine listigen kleinen Sklavenaugen beginnen zu glänzen. Schon reibt er sich die Hände und malt sich die gerade errungene Beförderung aus. Er gibt mir seine Nummer. Vereinbart für den übernächsten Tag einen Telefontermin und quittiert seinen neuen Fang wie eine sich zu Flötentönen windende Schlange. Malt sich jetzt schon aus, was möglicherweise dabei rausspringen wird: Krankenhausdirektor, vielleicht sogar Direktor des Regierungskrankenhauses, kostenlose Ferien, ein Posten im Ausland …

Ich habe ihn nie zurückgerufen, diesen Mistkerl!

Ich ging ins städtische Krankenhaus und setzte meinen Namen auf die Warteliste. Vier ganze Monate sollte ich das Kind tragen.

Als ich meine Schwangerschaft entdeckte, stand ich genau zwei Monate vor meinem achtzehnten Geburtstag. Die Frau der kommunistischen Länder konnte kostenlos und ungehindert abtreiben, allerdings erst mit achtzehn. Der Tag meines achtzehnten Geburtstags fiel genau in die sechzehnte Schwangerschaftswoche. Grenzwertig – aber in Anbetracht meines Alters und meiner fortgeschrittenen Verderbtheit hatte die Frauenärztin kurz überlegt und schließlich eingewilligt, die Abtreibung auf den 3. Mai zu legen, nach den Festlichkeiten, gleich morgens um sieben, und nüchtern.

»Das ist keine Abtreibung mehr, junges Mädchen, das ist eine Geburt, was Sie hier von mir verlangen.«

Ich studierte von nun an wie eine Besessene. Alles was ich konnte: variable Geometrie, Topologie, Matrixberechnungen, Algorithmen, Algebra, parametrische Modelle, exponentielle Funktionen und, um Einiges langsamer, Logarithmen.

Ich tauchte ein in ihre Welt, in der Wahr und Falsch nichts von Gut und Böse wissen. Ich verschlang offene und abgeschlossene Mengen, unendlich große und unendlich kleine, Wahrscheinlichkeiten, algebraische Normen, andere *endliche* und mögliche Normen ... Eine ungefähre Vorstellung von der Existenz der Risiken. Die später systemisch genannten Risiken stiegen in meinem schmerzenden Geist wieder auf. Ich sah in ihnen ein zu lösendes Rätsel, mir unbekannte Grundlagen, Bestechung, Regelverstöße, Verderbtheit, Vernichtung ... Ich hatte zunehmend das Verlangen, die im Hinblick auf die strikte Modellierung widerspenstigen Verschlingungszahlen zu zähmen. Wäre mir das Bein abgenommen worden, hätten die Bücher meine Beweglichkeit erhalten. Weil es noch da war, würden mir die Mathematik und ihre rettende Amoralität eine neue Chance geben.

Ich behielt das Kind noch zwei Monate. Ich passte auf, trank keinen Tropfen Alkohol mehr, rauchte nur, wenn ich mit Guéo zusammen war. Ich aß Joghurt und trank Milch. Ich tat alles, um diesem kleinen verurteilten Leben glückliche Momente zu bereiten. Acht Wochen auf Bewährung. Wenn

Guéo nicht bei mir war, sang ich ihm abends vor. Ich erzählte ihm alles. Für die beiden Monate hatte ich meine Arbeit als Putzfrau eingestellt. Ich lebte mit unserem Kind ein intensives winziges Leben, ein ganzes Leben.

Ich weiß genau, in welcher Minute es gezeugt worden war. Dort, im Hotel eines Nirgendwo der Schicksale, genau in dem Augenblick, als unser Leben wieder begann und es nichts anderes gab als unseren Gesang. Der Geruch dieses Augenblicks, des im Zimmer stehenden Staubs, ist mir geblieben. Ich sehe immer noch die Farbe der in der Provinzstadt verlorenen Nacht. Die Kälte, das Glatteis auf den verschneiten Straßen. Ich bewahre jeden einzelnen Tropfen dieser Februarnacht, ebenso wie die des Abgrunds, der völligen Abwesenheit Guéos und der ersten Einsamkeit, die ihr vorangegangen waren. Eine Einsamkeit, deren Existenz ich fortan nicht mehr leugnen konnte. Ein Käfig mit unklaren Abmessungen, mit Gittern aus fremden Liebkosungen und aus Wörtern, die in der Grausamkeit der noch immer lebendigen Sinne eingeschlossen waren.

Eines Nachmittags sah ich die Umschläge. Guéo und ich waren zusammen, unzertrennlich. Ich besuchte ihn gerne bei seiner Arbeit im dritten Stock des Zentralkomitees. Einfach so, ohne Grund, oder aber aus allen möglichen Gründen. So war es damals: Ich schaute bei ihm vorbei, küsste ihn, erzählte ein bisschen – unfähig, den Abend abzuwarten, um seine Augen wiederzusehen.

Guéo wirkte in diesen Tagen erschöpft. Sein Körper war unbeweglich, spannungslos. Vor Kummer erschlafft, ein direkter Angriff auf seine Muskeln, die ihn nicht mehr trugen.

Ununterbrochen arbeitete er an seinem Gutachten über die lebenswichtige Reform des Kommunismus. Tagtäglich, manchmal auch nachts. Seiten wurden zerrissen, andere neu beschrieben, Sätze mit durchsichtigem Lineal und rotem Buntstift unterstrichen, ganze Absätze wütend getilgt. Rauchend las er alles nochmal durch, wieder und wieder. Er stützte dabei immer den linken Ellbogen auf den Arbeitstisch, die Hand mit der obligatorischen Zigarette leicht abgewinkelt.

Als ich meinen Kopf durch die Dopppeltür seines Arbeitszimmers steckte, kam Leben in ihn. Wir küssten uns hungrig. Er bedeutete mir, hinter den braunen Samtvorhang zu treten, wo sich ein kleines Regal verbarg. Es enthielt die grünliche Metallbox eines Tresors mit zahllosen Geheimnummern. An diesem Tag stand er offen und war schon so gut wie leer.

Im oberen Fach lagen fünf identische Umschläge. Guéo nahm sie und hielt sie mir hin:

»Alba, das sind meine Überlebensumschläge. Fünf davon habe ich versiegelt, das ist inzwischen fast dreißig Jahre her, bei Christos Geburt. Ich habe sie leer verschlossen, ohne die geringste Nachricht. Ihre einzige Botschaft lautet, dass ich jedes Mal, wenn ich das Leben verrate, einen Umschlag öffnen muss.«

Dann legte er sie auf seinen Schreibtisch und fügte hinzu:

»In gewisser Weise habe ich mir damit fünf Leben gegeben. An dem Tag, an dem ich den letzten Umschlag öffne, wird mein Leben vorbei sein, und ich drücke auf den Abzug.«

Wann hatte er vier dieser Umschläge geöffnet? Ich werde es nie erfahren.

Wann hast du den vierten, den vorletzten, geöffnet?

Als Christo wegging? Nachts während der sechzehn Tage im Nichts?

Was hatte Guéo in diesen sechzehn qualvollen Tagen gemacht? Wo hatte er seinen Körper abgelegt? In den Straßen Warnas? Im Dunkel seines Arbeitszimmers? Vor dem Tresor mit den fünf Umschlägen?

Kurz darauf entdeckte ich das Kind in meinem Bauch.

Ich hörte auf, meine Freunde zu treffen. Eine einzige Freundin hatte ich ins Vertrauen gezogen, aber selbst ihr hatte ich nicht die Wahrheit sagen können. Sie sah mich leiden und dachte, ich trauerte Christo nach. Tag für Tag sah sie Guéo kommen und glaubte, der Vater wolle sich für den Sohn entschuldigen.

Guéo bemühte sich, es zu übergehen. Wir sprachen selten darüber, versuchten es zu vergessen. Wir sprachen über alles und nichts, um die neuen Rundungen meines Körpers, meines anschwellenden Bauchs und meiner gedehnten Hüften zu vermeiden. Guéo wich ihnen mit Augen und Händen aus. Wir liebten uns auf allen Vieren, paarten uns im Stockdunklen wie Besessene.

Guéo mochte Kinder. Und wie er sie mochte! Eine ganze Reihe hatte er in die Welt gesetzt, als ob das Sprenkeln der Welt mit Neugeborenen den einsamen ersten Schrei aller Waisenkinder zum Schweigen brächte. Im Politbüro hätte man zum Überwachen seiner in Zweibeiner verwandelten Körpersäfte eine Vollzeitstelle einrichten können. Akten für ganze Regale. Aber er hatte nur Jungen, immer nur Jungen.

Ich log ihn an, aus Wut, Rache und Schmerz. Ich wusste nicht, welches Geschlecht unser Kind hatte.

Ich hatte behauptet, ja, es sei ein Mädchen. Dabei hatte ich keine Ahnung. Ich war betäubt worden, und Guéo wartete vor dem einfachen Ambulanzzentrum der Stadt Sofia im Auto auf mich, ein Strauß roter Blumen auf dem Rücksitz.

Ich hasse rote Blumen.

Während meine Augen noch durch die schläfrigen Ausdünstungen des Narkosenebels irrten, schleudere ich ihm, ohne ihn anzuschauen, entgegen: »Es war ein Mädchen. Ich habe es Gaïa genannt.«

Er fährt uns nach Hause. Seit kurzem lebe ich alleine dort, mein Schreibtisch vor dem Fenster, überall auf dem Boden Bücher. Ich lege mich aufs Bett und spucke langsam Wörter aus.

»Sie ist heute Morgen gestorben.«

Gleichgültig rede ich wirres Zeug, meine Stimme farblos.

»Gaïa hatte deine Hände. Und meine Haare, sie hat gar nicht geweint, sie war ganz lieb.«

Guéo liegt neben mir auf dem Rücken und sagt nichts. Er zieht meinen Kopf auf seine Brust und drückt mir fest die Hand an die Stirn, damit ich nicht an meinen ausgespuckten Wörtern ersticke.

Ich starre zur Decke und spüre, wie Guéos Kinn zittert, feucht von den aufsteigenden, stummen Tränen, die langsam meinen Kopf benetzen.

Abends brachte Guéo seinen Hund mit. Er ließ ihn bei mir und bat ihn auf Russisch, gut auf mich aufzupassen und niemanden ins Haus zu lassen. Das arme Tier lag da und wartete, wie ich.

Guéo kam erst zwei Tage später wieder, mit glasigen Augen und stumpfer Netzhaut, seine Sinne von den Elektroschocks geglättet. Dazu war er in unser Regierungskrankenhaus gegangen, und wie früher wurden ihm diese Elektroschocks bewilligt, eine Hilfe beim Löschen und Ausradieren.

Zwei Tage lang waren wir, sein Hund und ich, mutterseelenalleine. Ich konnte nicht mit ihm hinaus, er war so groß, dass er mich beim Spazierengehen einfach mitgerissen hätte. Draußen erklärte er sämtlichen Dobermännern im Viertel den Kampf. Ich war schwach, existierte nicht. Er hatte überall in den Gang gemacht, kam zurück mit seinen traurigen Augen, die meinem Blick auswichen, und schleifte seinen zittrigen Bauch über den Boden. Ich wollte es machen wie er, neben ihm in den Gang pinkeln, alle Schuld von ihm nehmen.

Bis zum Ende wird die Kälte mir Nachrichten von diesem zukunftslos begonnenen Leben zutragen. Von jenem Tag am Anfang der Sommerlichter, von jener Frucht einer Hotelnacht in einer menschenleeren Stadt, die im Waschbecken eines städtischen Krankenhauses in Sofia endete. Jahrelang werde ich mich mit einer künstlichen Heizung wärmen und aus der Kälte des Winters an die entlegensten Punkte eines Kreises flüchten, der sich stets über mir schließen wird. Und von dort aus, von einem Stückchen winterloser Erde, würden die Wellen mit denen verschmelzen, die ich in Guéos Augen sah. Manchmal werde ich mich auf den Brücken von Paris über das Wasser der Seine lehnen und zusehen, wie die Spiegelungen seines Gesichts, strahlend von einem ersten Liebesruf, an die Oberfläche des unruhigen Wassers steigen.

Als ich bei der Rückkehr nach Hause am 3. Mai meine Wörter ausspucke, spüre ich die ersten Klauen in der Liebe. Zähne, die imstande sind, ihre Beute im Handumdrehen zu zerfetzen.

Wir schwanken, sämtliche Radare sind ausgeschaltet.

Guéo hatte tief in sich einen vertrockneten Brunnen gefunden und aus ihm die letzten Tropfen geschöpft, die ihm blieben, bis er zusammenbrach und sich der Vergessensdroge der Elektroschocks überließ, jenen grausamen Anstreichern, die er beauftragte, sein erschöpftes Nervengewebe zu übertünchen.

Ich habe mich hingelegt, blute leicht, eine riesige Binde zwischen den Beinen. Guéo bereitet mir eine Bouillon zu, die ich nicht hinunterbekomme. Er sagt nichts, die Wörter hängen auf Halbmast. Er hatte Musik aufgelegt, eine weitere Traurigkeit, Janáček, für Klavier solo. Ich stelle sie ab.

Mit ihrer alltäglichen, beinahe festlichen Eleganz erscheinen mir sein dunkler Anzug und die sorgfältig gebundene Krawatte an diesem Tag unpassend. Sie provozieren mich mit ihrem Chic, eine Beleidigung der Traurigkeit. Als würden nach einer blutigen Niederlage in der Paradeuniform Schützengräben ausgehoben.

Guéo lockert seine Krawatte, ohne sie abzunehmen. Er atmet tief ein, richtungslos. Verloren legt er sich komplett angezogen neben mich. Jeder von uns sucht ein Zeichen, ein kleines Eckchen, in dem wir noch auf ein Danach aufspringen könnten.

Guéo streichelt mir zärtlich die von der vereitelten Schwangerschaft geschwollenen Brüste. Er betastet sie, tröstet sie sanft durch meine hochgeschlossene Bluse. Dann öffnet er die Knöpfe und entblößt meine Brust. Er befeuchtet seine Fingerspitzen und leckt sie, wie ein verwundetes Tier seine Wunden. Ein geheimes, in Jahrtausenden des Überlebens vermitteltes Wissen. Guéo massiert meine Brust mit seinen nassen Fingern. Er lässt sie über die Spitzen gleiten, befeuchtet und zwirbelt sie, knetet die härter werdenden Brustwarzen. Es offenbart sich mir die unglaubliche Energie eines noch nicht abgestempelten Lebens. Und das Undenkbare, die Möglichkeit von Lust an jenem schwarzen Tag, bricht sich Bahn und durchfährt mich in lebendigen Schüben. Guéo leckt seine Finger und befeuchtet meine Brüste. Beginnt wieder von vorn. Zwischen seinem Mund und meinem Busen holt er Atem und schaut mir in die Augen. Eine der Finsternis entrissene Lust durchströmt meinen Körper unter seinen regen Fingern. In wellenartigen Schüben quellen die letzten Fädchen Blut, die noch am Morgen jungen Venen galten, aus meinem Unterleib. Den Mund zusammengepresst, um nicht zu stöhnen, klammere ich mich mit aller Kraft an Guéo und atme seinen Atem ein, den Schmerz seines Schweigens.

Guéo, mein Körper, was hast du ihm getan? Dieser Körper, der sich wieder auf den Weg gemacht hat, ohne Spuren, ohne Zeichen, nur die auf meinen Pobacken immer noch sichtbaren winzigen blauen Punkte, Zeugen Tausender von Spritzen. Sonst nichts. Von meiner Schwangerschaft nichts, keine Spur.

Wir waren außerstande, die Dinge zu begreifen oder zu beeinflussen. Uns gegen das Wachen der Parzen zu wappnen, die mit hochgekrempelten Ärmeln unsichtbare Fäden sponnen.

Guéo und ich tauchten unter und glaubten, uns den Gefahren zu entziehen. Wir hofften ihre Macht zu schwächen, als ihre Fäden sich zu verknoten begannen. Wir meinten sie zu kappen, zerrten den Knoten mit vollen Segeln aber nur noch fester. *Fortuna Maris*, die Fäden holten uns ein, bei jedem Ansturm verhedderten wir uns nur noch mehr, und die über unsere lebendigen Stirnen gebeugten Zuspinnerinnen wirkten ohne Unterlass an ihrer Handarbeit.

Nun hatten wir beide ein erstes Kind verloren. Guéo schien wieder von wohltuendem Vergessen beseelt. Ob das der Grund war für unseren unwirklichen ersten Aufbruch nach Warna? Auf der Suche nach Frieden, frei von Alpträumen. Sogar fröhlich wurden wir dort wieder.

Wir fuhren häufig nach Warna. Dort brachte Guéo mir das Leben bei. Das schöne Warna am Schwarzen Meer. Guéo nahm wieder seinen Akzent an, mit dem er sämtliche Buchstaben aussprach, von feinem Sand geschliffene, vom Meer gerundete Laute. Eine Sprache aus dem Off, eine Kindersprache, deren Silben ein zerbrechlicher Traum umweht, eine Liebkosung, die früh verlorene Mutter. Dieses Warna hatte Guéos Sandalen am Hafen bis zur großen Fähre Richtung Odessa getragen. Wir schlossen es ins Herz, mit seinen ganz eigenen Nächten, so sternenreich, dass wir den Blick kaum auf eine Himmelsfigur konzentrieren konnten.

In Warna ist im Mai die Luft nicht blau. Eine bewegliche Brise in wechselnden Farben. Grün, wenn man an den botanischen Gärten vorbeigeht, weiß vor der vereinsamten Kirche auf den Steinplatten des großen Platzes, rosafarben beim Untergang der windigen, himmelblauen Sonne zwischen den Mittagszeigern, rot, wenn es zum Billardspielen geht und danach lachend an den Black-Jack-Tisch, ockerfarben frühmorgens am Strand, schwarzglitzernd am offenen Meer. Die Luft mit ihrem ungetrösteten Farbenalphabet.

Guéo atmet sie ein, diese Luft, und haucht sie küssend in meine Lunge. Er stellt mich seinen alten Freunden vor, den Zigeunersängern in der Hafenkneipe. Sie kannten noch sein von den Fahrrädern, die er selbst nie besessen hatte, staubgeschwärztes Gesicht. Erst in Odessa, an der Marineschule, sollte er sich zum ersten Mal auf ein Fahrrad schwingen.

Seine Zigeuner feiern uns wie Spuren einer Wahrheit, die nur sie zu kennen scheinen. Eine dieser Wahrheiten, der sie angesichts der unsteten Jahrhunderte keine Worte geben wollten. Ihre Geigen schwingen in nie geschriebenen Rhythmen. Trinäre Rhythmen, Fünfsiebtel- oder Siebensiebteltakte, unvorhersehbare, regelmäßige und unregelmäßige. Guéos Stimme begleitet sie, seine Finger legen sich um meinen Hals, und wir singen, unsere Herzen schlagen unter den Wogen der verbrannten Zeiten. Immer nimmt er mich mit, überall werde ich zu seiner Frau.

Ein paar schmierige Kerle aus obskuren Geheimdiensten folgen uns auf Schritt und Tritt, aber wir ignorieren sie nach Kräften. Wir gehen aus, singen mit den Zigeunern, baden nach Anbruch der Dunkelheit im Meer. Die schmierigen

Kerle folgen uns, ohne genau zu wissen warum. »Sie füllen ihre Akten mit entsetzlich albernem Zeug«, sagt Guéo verärgert.

Als wir eines Abends im Continental essen, steht Guéo unvermittelt auf, stürzt Richtung Ausgang und kommt mit einem Unglücksraben am Arm wieder zurück. Er zerrt ihn am Gürtel, zwingt ihn auf einen Stuhl an unserem Tisch, wirft dabei die Gläser um, tunkt seine Finger ins Essen. Die Wut ist immer noch da, der Zorn, der hundsmiserable, will nicht nachlassen. Er tobt sich an dem Muskelpack aus und zwingt ihn, alles aufzuessen und auszutrinken, Bulgarisch mit mir zu sprechen, schnauzt ihn auf der Stelle an, sobald er ihm erklären will, dass er in dieser Sprache nur »ja«, »nein« oder »Guten Tag« zustande bringt. Wie ich auf Französisch, als ich nach Paris ging, geliebter Guéo. Dabei wiederholt der Unglückliche Silbe für Silbe jeden einzelnen Satz, jedes einzelne Wort im Tonfall des Warna-Akzents, auf Bulgarisch und absolut fehlerfrei: »Ich bitte um Entschuldigung, junge Dame, ich werde Ihre Nächte nicht mehr ausspionieren.«

Guéo arbeitete die ganze Zeit an seinem Gutachten. Er tat gar nichts anderes mehr, machte sich Notizen, traf Leute.

Manchmal verabredeten wir uns mit dem polyglotten Diplomaten. Er lud uns zu sich ein und äußerte sich ebenso tadelnd wie warnend:

»Du musst damit aufhören, Guéorgui.

- Ich bin fast so weit. Alles ist bald fertig, du wirst sehen, dieses Mal machen wir ernst, wir haben gar keine andere Wahl mehr.

- Na, mal langsam. Du wirst mit deinem Gutachten doch niemals durchkommen, lehn dich nicht zu weit aus dem Fenster.

- Und ob! Es geht ja gar nicht mehr anders.

- Riskier nicht zu viel, sag ich dir, wenn du so weitermachst, versenken sie dich. Es wird schon geredet.

- Umso besser, umso besser!

- Und hört auf, euch überall zu zeigen, Ihr beiden, auch das geht jetzt nicht mehr …

- Jetzt fängst du auch noch damit an. Halt dich da raus.

- Du gehst zu weit, Guéorgui.«

Eines Abends gingen wir tatsächlich »zu weit«.

Guéo wollte mich unbedingt zu einem offiziellen Empfang mitnehmen. Ich lieh mir ein lächerliches Kleid aus der Garderobe eines schicken Mädchens, das vor meinem in Rauch aufgegangenem Krankenhausjahr in meiner Klasse gewesen war. Ihre Eltern verdienten Dollars in Libyen und kamen nach Sofia zurück, um Markenkühlschränke und Kleider für ihre Tochter zu kaufen. Im Rücken war der Stoff in Falten gelegt, vorne war der Saum hoch ausgeschnitten wie das Kostüm einer Flamencotänzerin.

Am Abend des Empfangs trug ich zum ersten Mal Schuhe mit hohen Absätzen und Lippenstift. Guéo fand mich schön, also fand auch ich mich schön.

»Alba, du bist eine Frau.«

Und so fühlte auch ich mich als Frau.

Wir waren verrückt. Mein Aufzug, seine Verblendung, unsere Sorglosigkeit. Er lachte ausgelassen wie ein kleiner Junge, stellte mich allen vage als seine Nichte vor, und setzte nachdrücklich hinzu: »Eine ganz ausgezeichnete Schülerin.«

Mein Gott, wie glücklich waren wir, als wir tanzten.

Gegen Ende des Abends griff er sich zwei der Musiker. Der Geiger sollte in dieser Nacht stundenlang nur für uns spielen. Guéo sang mit dem polyglotten Diplomaten und mit einem exzentrischen russischen Admiral. Der Diplomat sprach elf Sprachen, davon angeblich sechs fließend. Er war Botschafter in Rom, ein Liebhaber der Kunst und besonders der frühen italienischen Malerei. »*Ambassadeur* ist das älteste Wort, das die französische Sprache der Welt hinterlassen hat«, erklärte er mir belustigt.

Ich hörte ihn Französisch sprechen. Eine regelmäßige, von einer makellosen Syntax gesäumte Freiheit. Ich verlor die Orientierung. Womöglich wäre auf Französisch alles klarer gewesen. War es die Syntax, die uns fehlte? War unsere Sprache zu ungelenk zum Sprechen? Die Wörter dringen wie Schnitte in den Körper. Von ihm, dem polyglotten Diplomaten, sollte ich später die Idee des Gemäldes haben. Eine vergängliche Schönheit, ein Teufelsbild.

Heute ist der polyglotte Diplomat Nachtwächter, tagsüber gibt er den Kindern neureicher Eltern Italienischunterricht.

Seine Töchter konnten es nicht ertragen und haben nach Amerika geheiratet.

Er trägt stets einen korrekten, inzwischen fadenscheinigen Anzug, eine weiße Haarsträhne stolz nach hinten geworfen. Wenn er guter Laune ist, streut er ein paar gedrechselte lateinische Phrasen ein, die jedoch wirkungslos verpuffen. Die neuen Benutzer des Parkplatzes, auf dem er nun arbeitet, stiernackige Halb-Zweibeiner mit Geländewagen und protzigen Autos, halten ihn für einigermaßen verrückt.

Nach dem offiziellen Empfang lud ein Vertrauter Guéos uns, oder besser ihn, zum Abendessen ein. Dieser »Vertraute« war der Direktor einer Rüstungsfirma. Nur wenige Menschen im Land verwendeten und kannten damals den Namen der Gruppe: Kintex. Seine Frau war in ihrem Landhaus, einer *datscha*, wie es sich gehörte, und er nutzte ihre Abwesenheit für ein Gespräch mit Guéo. Was für ein strafender Blick, als er mich an seiner Seite sah! Wie ich schnell begriff und durch Guéos Blick bestätigt sah, wollten sie unter sich bleiben. Eine ganze Weile schloss ich mich auf der Toilette ein. Ich weiß nicht, was sie besprachen, aber sobald er draußen im Auto war, zog Guéo seinen Ehering ab und warf ihn in den Rinnstein. Mit aller Kraft presste er meinen Arm, noch Tage später hatte ich blaue Flecken.

»Alba, wenn es hier den Bach runtergeht, fahren wir weit weg, nach Damaskus. Du weißt, dort gibt es Leute, die mich mögen, sie haben einen ganzen Palast mit einem Stockwerk nur für mich, ich nehme dich mit.«

Meine Güte, Guéo, wie hast du mir an diesem Abend Angst gemacht!

Er nahm keine Warnungen mehr ernst, selbst die der netten Generalstochter nicht, auch nicht die seiner Beschützer und des Oberbefehlshabers der Landstreitkräfte der Sowjetunion. Oder hatte er sie vielleicht mehr als ernst genommen? Vermied er auf seine Weise eine Hinrichtung, eine unmittelbar bevorstehende Urteilsvollstreckung? Er hörte auf, vorsichtig zu sein und tauchte in eine unsagbare neue Freiheit. Wurde wieder zum Waisenjungen, der durch die Straßen Warnas lief und sang, bis er heiser war.

Guéos offizielle Geliebte war eifersüchtiger und rachgieriger als seine offizielle Frau, die nette Generalstochter. Doch seine Frau war es schließlich, die meine Abitur-Medaille in den Mülleimer warf. Ich hatte sie Guéo geschenkt, noch am Tag der Zeugnisvergabe, so wie man einem Lebens-Verunglückten einen Talisman schenkt. Es war die einzige Verteidigung, die mir blieb: mich mit aller Kraft an die Spitze jenes verfluchten Wissens zu kämpfen, das die Schule im Eiltempo vermittelte.

Guéo war unsagbar stolz gewesen, ich fühlte mich wie ein eigens für den Genossen Staatspräsident zubereiteter Windbeutel mit Vanillecrème. Sogar zu einem Elternabend in meiner Klasse war er gekommen und hatte sich als »enger Verwandter« vorgestellt. Anschließend holte er mich mit einer Flasche Champagner ab, um mich in die Bar des Casinos im alten Sheraton von Sofia auszuführen, wo Minderjährigen der Zutritt streng verboten war.

Er begrüßte den Barkeeper, der ihn selbstverständlich kannte: »Wir müssen das Zeugnis der jungen Dame feiern, auch wenn du es nicht glaubst, mein Freund: Sie ist die Beste des ganzen Gymnasiums und bekommt am Schuljahresende die Goldmedaille, das steht fest, die Direktorin hat es mir gerade bestätigt.«

An diesem Abend brachte er mir das Black-Jack-Spielen bei. Um den Tisch herum nur Engländer. Guéo sah sie verächtlich an, bereit, sie bei der ersten falschen Bewegung abzuservieren. Warum gingen ihm die Engländer dermaßen auf die Nerven? Sie waren rosig und höflich.

Seine Frau, die nette Generalstochter, besuchte mich.

Sie ließ mich in ihr Auto steigen und erklärte mir, dass ich Guéo in Gefahr brächte und er auf einen Abgrund zurannte:

»Er setzt alles aufs Spiel, du machst dir keinen Begriff. Er geht eindeutig zu weit und kann nicht mehr aufhören. Du musst schnell verschwinden, bevor es zu spät ist …«

Sie musterte mich lange, während der Motor lief. Die Fenster waren geschlossen, ich erstickte. Ihre Augen versuchten etwas zu durchdringen. Sie sah mich an und sagte, ich verstünde noch gar nichts vom Leben, sie wisse jedoch, wovon sie spreche.

Nach einer Stunde ließ sie mich gehen, nicht ohne hinzuzusetzen:

»Denk an das, was ich dir gesagt habe: Wenn ihm etwas zustößt, bist du daran schuld, und sag ihm bloß nicht, dass ich mit dir gesprochen habe, das ist für uns alle besser …«

Ein paar Tage später besuche ich Guéo bei der Arbeit und erkläre ihm, dass gemeinsame Pläne nun nicht mehr angezeigt seien.

»Guéo, wir müssen endlich aufwachen und der Wirklichkeit ins Auge sehen …«

Er sieht mich an und sagt kein Wort. Ich schüttle noch einen weiteren Trumpf aus dem Ärmel:

» … außerdem habe ich mich in einen Medizinstudenten verliebt.«

Guéo schweigt weiterhin. Er sieht mich an. Eine ganze Weile. Schließlich sagt er:

»Ich verstehe.«

Guter Gott, was hat er verstanden?

»Du bist jung, Alba, du brauchst eine Zukunft«, fügt er hinzu, ohne mich anzusehen.

Jung, was wollte er damit sagen? Zukunft? In welchen Gang der Zeiten waren wir katapultiert worden?

»Geh nur, wenn du ihn liebst

- ...«

Guéo, wohin soll ich gehen? Und wen soll ich lieben? Meine Hände und meine Füße beginnen zu prickeln, als habe man Sprudelwasser in sie hineingegossen. Mühsam stehe ich auf und gehe, ohne ein Wort des Abschieds.

Guéo sollte den Medizinstudenten, meinen Behelfsfreund, unter vier Augen einladen. Er bat ihn ins Sheraton, in die Casino-Bar. Besagter Student wird mir später berichten, Guéo habe ihm an diesem Abend einen Whisky spendiert und seine Waffe auf den Tisch gelegt. Er habe ihm tief in die Augen geschaut und mit einem teuflischen Lächeln zwischen den Zähnen gezischt: »Wenn ihr auch nur ein Haar gekrümmt wird, knalle ich dich nieder, Junge, überleg dir gut, was du tust ...«

Er sollte mit der Zeit ganz wunderlich werden, mein Behelfsfreund. Wir werden alle so.

Ich wollte auf einmal unbedingt Regale für meine Bücher anbringen. Ich nahm Maß und kritzelte Entwürfe für den Zuschnitt der Bretter. War ständig beschäftigt. Nicht ein Tag verging, ohne dass ich wunderlich gewesen wäre, ohne dass ich vergessen hätte, wo ich wohne, wo meine Schlüssel liegen, wo im Schrank der Zucker steht oder welchen Bus ich nehmen muss.

Guéo ist nun wieder der Liebhaber seiner offiziellen Geliebten. Sie kommen gemeinsam zum Abendessen zu mir. Schauen sich die Zeichnungen für meine Regale an. Machen Komplimente, bedanken sich fürs Essen.

Ab und zu ruft seine Geliebte mich an und kommt alleine. Vergewissert sich und stellt ihre Zuneigung zur Schau. Ich verachte sie.

Guéo ist verschwunden. Niemand findet ihn, hat auch nur die geringste Spur aufgetan. Seine offizielle Geliebte ist überzeugt, dass ich weiß, wo er ist. Sie lädt mich zu sich nach Hause ein, während ihr Ehemann irgendwo anders steckt. Sie zeigt mir das Kinderzimmer, einer der beiden schlafenden Jungen ist das Ebenbild von Guéos Söhnen. Er ist von ihm. Wie ein Engel in seinem kleinen Bett, höchstens sechs wird er sein. Sie serviert Wein und Käse und spricht über Guéo. Es ist schon so spät, dass ich nicht mehr zu Fuß nach Hause kann, also klappt sie das Sofa aus, bereitet mein Bett vor und legt sich neben mich, um weiter über ihn zu sprechen, über sich, über ihren Jungen und über mein Haar.

Worauf hofft sie? Sicher nicht, dass ich ihr verrate, wo Guéo sich möglicherweise aufhält. Ich habe keine Ahnung, und ich hätte ihr nie etwas gesagt, das weiß sie. Vergebliches Warten auf ein Zeichen? Ein Klagelied, oder das Bedürfnis zu begreifen? Während ich ihr zuhörte, schlief ich ein, konnte ihr nicht helfen, sie aber auch nicht im Stich lassen. Ich hörte gerne, wie sie von ihm sprach, von ihrer gemeinsamen Geschichte. Unser »Wir« wiegte mich in den Schlaf.

Mit dem ersten Zug, dem Schnellzug, machte ich mich am Morgen auf den Weg nach Warna, um ihn zu suchen. Guéo saß am Bett der sogenannten Tante, die seine einzige Familie war. Sie war krank, lag im Sterben. Ich fand Guéo im Chaos ihrer Wohnung neben ihr sitzend. Er weinte. Ein Foto von ihm glänzte auf dem einzigen beleuchteten Möbelstück, einem Holztisch, der vereinsamt zwischen Dielenboden und Holzbalkendecke stand. Alles war mit demselben milchigen Grün bemalt. Das Licht einer nackten Glühbirne knisterte über dem großformatigen Foto, auf dem Guéo zu sehen war, der, blutjung in seiner weißen Uniform, mit seinem breitesten Lächeln auf der ausladenden Potemkin'schen Treppe in Odessa stand. Wie schön er doch mit achtzehn gewesen war.

Seine zahnlosen Zigeuner waren es, die mir halfen, den Weg zu meinem Verunglückten zu finden. Wir fielen einander in die Arme. Gemeinsam wachten wir bei seiner Tante. Unser Wahn begann, verzweifelter noch, zum Zerreißen gespannt, hätte Wände niederreißen können, ohne jedes Zurück.

Wir saßen auf dem winzigsten Punkt dieser Gelehrten-Unwissenden fest. Wir hatten uns einen Weg gesucht, der schmaler war als die schmalste Rachenenge, und summten leise die Melodie eines Zigeunerlieds.

Die Eisvögel schreien,
kein Zurück zu den Füßen, tanze Zigeunerin!
Tanze Zigeunerin, stampf auf die Erde,
mit Füßen tritt die Asche verbrannter Zeiten …

Drei Jahre, fast vier. Ich kannte ihn nun schon drei Jahre, bald vier: dreieinhalb Jahre, denn an Weihnachten sollte unser Wiedersehen in Paris stattfinden.

Er hatte mir mein erstes französisches Wörterbuch geschenkt, »ein Wortspeicher«, wie er sagte. Es war sein eigenes, sein allererstes, das er seit seiner Zeit in Serbien mit sich herumtrug. Vor ihm hatte es jemand anderem gehört, dessen mit roter, akkurater Schrift eingetragener Name immer noch drinsteht. Ein kleiner rotbrauner Ziegelstein, dieses Wörterbuch, völlig veraltet. Die Ausgabe stammt von 1947. Man findet die verschiedensten Wörter, aber die Definitionen entsprechen keiner Wirklichkeit mehr. Auch das Französische hatte seither eine neue Reise angetreten.

Ich spürte das Französische zum ersten Mal, als Guéo mich in Paris abgesetzt hatte. Er erklärte mir, wie die Metro funktionierte. Ich landete im Französischen barfuß und ohne Mantel; ich mochte seine Poesie und seine Welt.

Noch heute strömt aus den Metroeingängen der Geruch dieser sprachunfähigen Sprache. Ich erlebte und hörte sie wie die Wassersprache von Menschen dort, wo das Wissen Unkenntnis wird. Sie offenbarte sich mir wie die Musik den Zigeunern: nie über die Schrift, sondern direkt über den Rhythmus, hautnah, imstande, wenn die Nacht ihre Sterne nicht mehr zählte, etwas »Unerreichbarem« entgegenzugehen. Auf diese Weise hörte ich in der Metro ihr Anderswo, sog ihren Geruch auf: all die Leute, die kamen und gingen, lebhaft diskutierten, ihre Stimmen von sparsamen oder ausholenden Gesten begleitet, dort in den Metrowagen, in denen ich mit Guéo saß.

Wir fuhren verschiedene Strecken ab, und er gab mir Zielstationen auf wie Rätsel, die ich lösen musste. Ich sollte ihn an Orte bringen, wo er nichts anderes zu tun hatte, als sich zu vergewissern, dass ich auch alleine zurechtkäme, wenn er nicht mehr da wäre.

Am Tag seiner Abreise habe ich mich noch nicht einmal von ihm verabschiedet. Auf dem Bahnsteig des Gare de Lyon winkte ich ihm nur zu, von weitem.

»Geh, und komm wieder, ich werde hart arbeiten, du wirst sehen, in ein paar Monaten verabreden wir uns zum Abendessen auf Französisch.«

Geküsst habe ich ihn nicht, das ist sicher.

Sobald ich mich nach Guéos Sprache sehne, nach seinem Französisch, das ich nicht kenne, lasse ich mir von den Ventilatoren in den Metroeingängen den Geruch des Französischen um die Nase wehen. Seine Musik ist mir dann wieder vertraut, und ich speichere Wörter. Sie erklingen im Rhythmus der Zigeunerlieder, die Guéo mit mir entdecken wollte. Die besten, scheint es, gibt es in Rumänien, in Siebenbürgen, irgendwo an der Donau. Wir haben diese Reise nie gemacht.

Meinen zwanzigsten Geburtstag werde ich ohne ihn feiern. Einer seiner Freunde organisiert einen ungewöhnlichen Empfang. Er ist Franzose, besitzt mehrere Familienschlösser, ein Adliger aus der Normandie, der einzige Freund, den Guéo bei unseren Zigeunern aus Warna zum Mitsingen aufforderte. In der heimatlichen Normandie reserviert der adlige Freund sein ganzes Anwesen für meinen ersten Geburtstag auf Französisch. In den Kaminen sind kleine Inszenierungen aus den Fabeln La Fontaines aufgebaut. Guéo kennt meine tiefsitzende Abneigung gegen den verfluchten La Fontaine mit seiner bettelnden Grille und seiner ausgekochten Ameise, aber ich halte den Mund. Der Freund führt mich vor jedes einzelne Fabeltierarrangement: ausgestopfte Füchse und Vögel mit aufgeklebten Augen und steifen Füßen, deren Keckern verstummt ist und deren Flügel schwerkraftlos nach oben zeigen. Er ist gerührt, wenn ich sie erkenne oder eine Stelle aus ihren abgeschriebenen Propagandaberichten murmle. Da Fenster und Türen offen stehen, hört man das Zwitschern von Vogelschwärmen, die in den Zweigen knospender Bäume rascheln. Um uns herum emsige Geschäftigkeit, Stühle und Tische werden geschoben, Schüsseln, Tellerglocken und Saucieren hervorgeholt, mit einem weichen Tuch wird das mit verblassten Initialen verzierte Besteck blankgerieben.

Guéos Freund hatte angeordnet, dass sämtliche Kronleuchter geputzt und mit echten Kerzen bestückt werden sollten. Mithilfe von Stöcken und Schnüren werden sie bis auf die obersten Stufen riesiger Leitern, die überall in den Salons verteilt sind, herabgeholt. Über sechshundert Kerzen werden den Abend meines zwanzigsten Geburtstages erleuchten. Am Morgen des Empfangs parken vor dem Hintereingang des Schlosses drei Lieferwagen mit Rasenstücken, die in den Kaminen ausgelegt werden und unter dem großen Tisch des weitläufigen Salons, in dem die Portraits illustrer Vorfahren mich streng beäugen.

Meine zahlreich geladenen Gäste werden Augen machen. Studienfreunde von den noblen Hochschulen der Republik, schön, ungebunden, und genau wie ich von der ebenso deplatzierten wie unzeitgemäßen Kulisse überfordert.

Ich feierte meinen zwanzigsten Geburtstag in der eingeschlossenen Haut einer Hundertjährigen. Von irgendwoher erklang ein durch etliche Wände gedämpfter Walzer. Im ersten Stock, bei Kerzenlicht, dinierte der Onkel – ich sollte ihn partout »Onkel« nennen – mit drei befreundeten Ehepaaren. Den normannischen Adligen und das Waisenkind aus Warna verband eine Freundschaft Aus-der-Zeit-Gefallener, die sich an die letzte Festung gegenseitiger Versprechen klammerten. Guéo hatte ihn darum gebeten, und der Freund ließ mich nie im Stich. Ich ging auf Distanz.

Wissenschaftler sprechen vom »Gerüstprinzip«: Sobald die Fassade steht, wird es abgebaut. Ich musste diese Gesichter ordnen und an einem lebensfähigen Zufluchtsort verschließen. Das ist so ungefähr das Einzige, was mir bleibt – das Lebensfähige ordnen, bis zum Umfallen.

Die Normandie war es auch, in der Guéo und ich nach der Ankunft in Paris unser letztes gemeinsames Wochenende verbrachten. Nach einem Zwischenstopp in Rom stiegen wir am Gare de Lyon aus dem Zug. Mit seiner gut geschützten

Leica machte Guéo unzählige Fotos. Ich habe sie nie entwickelt gesehen, umso besser. Auch die Marquise, die damals Gauloises rauchte, kam zu meinem zwanzigsten Geburtstag. Nach der Metro war sie es, die mir meinen ersten Satz auf Französisch beibrachte: »Könnte ich bitte eine Zigarette haben?« An der Uni wirkt es ein bisschen lächerlich, wenn ich so rede, da heißt es eher: »Gib mir mal 'ne Kippe.« Aber ich mag dieses »könnte ich bitte«, es hat so etwas Zögerliches. Was »können« wohl bedeuten mag, wenn es so ausgesprochen wird?

Ob ich vergessen könnte? Weitermachen könnte? Mir fällt der lebensfähige Zufluchtsort unseres Regierungskrankenhauses wieder ein.

Damals reichte es gerade zu einem zögerlichen Können – wieder gehen lernen. Eine verhinderte Amputation ist wie eine Transplantation: Immer fehlt etwas in den Nervenverbindungen, ein blinder Widerstand der aus dem Lot gebrachten Dinge.

Im Jahr vor unseren Aufbrüchen fuhren Guéo und ich so oft wie möglich nach Warna. Sobald ich konnte, denn ich musste in Bezug auf meine Vorstellungen vom Wissen ein heikles Gleichgewicht aufrechterhalten. Wir reisten mit dem Auto, dem Flugzeug und dem Hubschrauber, nie aber mit dem Zug oder dem Boot. Auf dem Luft- oder Landweg, nie auf den Schienen oder dem Meer. Wie schafften wir das? Immer präsent, mit unseren so weit auseinanderdriftenden Verpflichtungen, er, der einem sterbenden Kommunismus beistand, und ich, die den Kreis des überall gelehrten Wissens auszudehnen versuchte. In stillschweigendem Gleichklang setzten sich unsere Verabredungen über die für Terminzwänge zuständigen Schalterbeamten hinweg. Keine Besprechung, keine Vorlesung hatte mehr die geringste Bedeutung, sobald die Stunde des unwiderstehlichen Verlangens nach gegenseitiger Berührung schlug. Wir trafen uns Tag und Nacht, ohne eine Zeit zu verabreden und ohne je in Zeitnot zu sein.

Ich erwartete ihn, ohne je auf ihn zu warten. Ich fand ihn wieder, ohne ihn je verloren zu haben. Und wir fuhren Richtung Meer, an die Küste seiner Kindheit, ans Schwarze Meer ohne Gezeiten, weder Flut noch Ebbe. Wir lagen uns in den Armen, so wie sich die Luft mit dem ersten Windstoß regt.

In Warna traf Guéo ab und zu merkwürdige dickbäuchige Syrer und Jemeniten, die dünn wie Reispapierblätter waren. Auch diese Termine legte er so, dass ich ihn begleiten konnte. Überall waren wir zusammen, saßen in Foyers internationaler Hotels oder vor Schüsseln mit fleischgefüllten Auberginen, vor Zwiebeln auf Kartoffeln, die draußen auf Feuerstellen geröstet wurden. Zigeuner, Bassams, Alis und Elmaz vermischten sich in meinem Leben.

Dort lernte ich auch den französischen Adligen kennen, der zum Gesang der Zigeunergeigen weinte. Den treuen Freund, der mir später meinen zwanzigsten Geburtstag auf Französisch schenken sollte.

Guéo musste den direkten Kontakt mit der Sonne meiden. Er hatte sich in Odessa eine heftige Allergie zugezogen. Seine Stadt der Seeleute hatte ihn einfach ausgespuckt: mitsamt der Tuberkulose, die unter ihnen wütete. Die anschließend aufgetretene Allergie hatte sein Schicksal endgültig besiegelt. Er musste an Land bleiben, weil seine Haut zu heftig auf die Sonne reagierte. So blieb er im Schatten der Schiffe, die er so gerne befehligt hätte.

An den Sommerstränden Warnas sucht Guéo, in einen hellen langärmligen Anzug gekleidet, den Schutz großer Sonnenschirme. So sitzt er da, Socken an den Füßen, eine Nagelfeile in den Händen. Dieselben Nägel hatte der Waisenjunge, der er für immer bleiben wird, früher bis aufs Blut abgekaut, mit Zähnen, die auf der mutterlosen Straße seiner Kindheit geschärft worden waren. Nun, als Herr im hellen Anzug, feilt Guéo am Strand mit unendlicher Sorgfalt an ihnen und lässt unterdessen genießerische Blicke über die schönen Körper der Frauen wandern. Ausgestreckte, im Sand des Schwarzmeerufers liegende Frauen. Er betrachtet sie, schmeckt sie mit Blicken und schenkt sie mir in der Nacht unserer eins werdenden Körper.

Ich nahm sie alle, diese lachenden Frauen, mit ihrer salzüberzogenen Haut, dem goldenen Flaum, mit ihrem nassen Haar und den vom Blau des Himmels aufgehellten Augen. Ich küsste sie alle in unseren Nächten.

Tagsüber spaziere ich in der Sonne, und Guéo folgt mir von seinem schattigen Sessel aus mit Blicken.

Im August reist Guéos Frau, die nette Generalstochter, mit ihrer kleinen Enkelin auf dem Arm für zehn Ferientage nach. Die beiden backen Sandkuchen oder bauen rings um den Sonnenschirm Burgen. Und sie passt auf, dass ich auf Abstand bleibe. Aus Angst, aufzufliegen, wage ich mich nicht heran. Zehn Tage einer merkwürdigen Gemeinschaft und Nähe.

In jenen Augustnächten gehe ich tanzen und treffe ihn später, stets gefolgt vom Schatten eines zu unserer Überwachung abgestellten Mannes. Nie habe ich sie zum Tanzen aufgefordert, diese Schurken, dabei sah ich sie, erkannte sie an ihrem teilnahmslosen Blick, an ihren zum Tanzen zu schweren Schuhen, an ihren Händen, von denen eine immer in der Tasche einer Dienstjacke vergraben blieb. Guéo hatte mir beigebracht, wie ich sie erkennen, abhängen und vergessen konnte.

Ich hatte es nicht kommen sehen: Guéo hatte einen Vertrag gebrochen. Seine Schutzvorrichtungen waren blockiert worden. Er warf erst seinen Ehering in den Rinnstein und dann seine Straßenschuhe aufs andere Ufer. Sie waren so eng geworden, dass seine Füße bluteten. Das Leben war ihm zu schnell geworden, um weiterhin mit Schuhen bewältigt zu werden. Er begann wieder barfuß zu laufen, seine Hände auf unserer nackten Haut. Die Zeit beschleunigte die Tage, konturlos jagte eine Nacht die nächste.

Guéo. Ob er schon plante, den fünften Umschlag zu öffnen? War es ein letzter Aufbruch? Er benutzte keine Tricks mehr, um seinen Gespenstern zu entkommen, seinen Beschützern, sämtlichen Schutzarten und Refugien des Vergessens. Hatte er es schon beschlossen? Auf seine Art wieder in die Haut des Wolfskindes zu schlüpfen. Ob er schon wusste, dass er auf eine Reise ohne absehbare Rückkehr ging? War dies unser letzter Kuss? Habe ich es nur nicht gehört? Meine Unwissenheit läutet stumm das Ende der schwindenden Stunden ein. Gab es ihn deshalb, diesen leidenschaftlichen Kuss, fast eine Atemspende? Der unmögliche Augenblick eines letzten Augenblicks. Ein langer Kuss, ein Aufbäumen des Lebens, des unaufhörlichen Werdens.

In diesem letzten Jahr bestand die Gegenwart nur noch aus Dringlichkeit. Die Zeitläufte stellten immer größere Anforderungen. Das Politbüro versammelte alle Beteiligten. Guéo hatte endgültig kehrtgemacht, indem er sein Gutachten nicht präsentierte.

Eines Tages erschien er mit einem Umschlag in der Hand und einem Abschiedslächeln auf den vollen Lippen.

»Alba, du wirst gehen.

- Ohne dich gehe ich nirgends hin.

- Alba, ich begleite dich doch nur.

- Aber ohne dich gibt es nichts zu begleiten.

- Alba, das Leben ist da, wirf es nicht weg.«

Sie hatte mir gefehlt, seine Haut. Seine mit den Jahren dünn gewordene Haut.

Die Zeit scheint einen schrubbenden und polierenden Bimsstein zu halten. Die Hülle des Lebens, der Stoff wird dünner, schleift sich ab wie ein Schutz, der ohne Begehren keine Daseinsberechtigung mehr hat. Wenn keine Hand mehr die Haut berührt, verabschiedet sie sich und wird unberührbar für die in ihr atmende Person.

Schon lange vorher zeigen sich allmählich Widerstände, bilden neue Formen, Falten, rötliche Flecken, schuppiges Hautgewebe an den verborgensten Gelenkstellen von Beinen und Ellbogen, an den Fußsohlen. Gehen oder sich mit dem Ellbogen aufstützen, all das wird schwierig mit dieser Haut.

Versteht man das unter Altern, weil man nicht weiß, wie man es nennen soll?

Manchmal bedeutete Altern für Guéo etwas anderes. Etwas Schreckliches. Erschlaffen. Der Haut die Schwingungen der Berührungen nehmen, ihre Rhythmen stören, sie übertönen, bis sie verstummen. Ich berührte Guéos Haut mit besonderer Aufmerksamkeit. Überprüfte bestimmte Winkel. Erschauderte beim Kontakt der überreizten Sanftheit an den ersten Stellen, die vom Schutz seines Körpers im Stich gelassen wurden: Hals, Bauch, der untere Teil des Rückens. Ob er es wusste? Unmerklich veränderte sich die Geographie der Flecken und Falten auf seiner Haut, so wie sich aus Eisbänken unversehens Gletscher lösen. Altern war für ihn jenes Schweigen, das sich in seiner Haut festsetzte und in Wassertropfen kristallisierte, die er über die Augen wieder ausschied. Gelegentlich trocknete er diese Tropfen mit einer Handbewegung, abrupt wie ein pfotenschlagendes Tier, und diese lebhafte Geste beruhigte mich. Die Vorsicht gebot mir in solchen Momenten, meine eigene Haut seinem Blick zu entziehen. Unter dem Laken ihre Klänge zu ersticken, die bei der geringsten Berührung vibrierten. Ich zog die Decke bis zum Hals und tat, als wäre mir kalt. Glaubte er mir? Er tat zumindest nach Kräften so. Er rieb meine Hände, blies darauf, als wollte er ein Kind wärmen, das im Schnee gespielt hatte. Die schrille Lebendigkeit meiner Haut wurde reglos, verstummte. Für eine Weile schickte sie eine leichte und regelmäßige Brise über die Salzwerke seiner Tränen.

Guéo wusch sich in regelmäßigen Schwüngen das Gesicht mit kaltem Wasser. Er beugte sich über das Waschbecken und gab, sobald das kühle Wasser sein Gesicht berührte, ein wohliges Geräusch von sich. Er füllte die aneinandergelegten Handflächen und leerte sie über sein Gesicht wie ein Sanitäter einen Bewusstlosen wiederzubeleben versucht. Aber das, das war vorher.

Wir hielten tapfer durch. Mit Ausnahme des Kusses damals, als er mir die Fahrkarte nach Paris und den Umschlag gab. An diesem Tag hatte seine Haut bereits irgendetwas aufgegeben. Schon hatte sich die Zärtlichkeit in die verborgenen Falten verkrochen. Seine Arme waren rau. Seine Hände rochen nach Verzicht, auf seinem Hals ein schwärzlicher Stoppelbart. Warum habe ich seine Haut nicht gehört? Warum habe ich nicht innegehalten? Guéo, wohin bist du verschwunden?

Ein frischer Wind wehte durch die Gespräche und die offiziellen und inoffiziellen Besuchsprotokolle. In Sofia herrschte Getümmel. Die ausländischen diplomatischen Vertretungen verzehnfachten ihre Mitarbeiter und Aktivitäten. Die diversen Geheimdienste spannten das Netz ihrer Nachforschungen immer dichter. Dissidenten speisten mit Offiziellen, Offizielle ermutigten Dissidenten, die Ideen glichen sich zusehends, und die Personen verblassten immer mehr.

Der Eisberg der Veränderung erreichte uns. Auf seinem Weg hatte er jegliche Frage nach einem möglichen Danach zertrümmert. Das Fieber der Veränderung hatte beide Seiten erfasst und sämtliche Planungen umgestürzt. Waren von nun an alle Mittel erlaubt? Die Reform des neuen Sozialismus schien zügig voranzuschreiten. Guéo versuchte einen Weg zu finden, »Widerstände zu überwinden«. Es galt, neue Mittel zu mobilisieren, neue Kredite aufzutreiben, Zeit zu erkaufen. Guéo verhandelte und definierte Pläne. Die Partei wusste die neuen Verträge zu schätzen: die Reparatur der jemenitischen Flotten, die Erneuerung des syrischen Hubschrauberparks sowie ein Lieferauftrag für neue sowjetische Flugzeuge. Die westlichen Mächte taten sich mit der Partei zusammen, um über die Gasversorgung aus den bereits instabilen Sowjetrepubliken – Turkmenistan, Usbekistan, Ukraine – zu entscheiden. Raffinerien sollten mithilfe von Pipelines im Schwarzen Meer verbunden werden, die bis nach Deutschland reichten. Der Westen sah nach dem Rechten, ohne sichtbar einzugreifen. Saddams Schwager, damals Erdölminister, war als Tourist inkognito nach Warna gekommen. Ich lief ihm in einer von westlichen Gesandten und kommunistischen Führern überquellenden *lobby bar* über den Weg. Alle sicherten ihm ihre Unterstützung zu, um den Bruder seiner Frau zu stürzen. Er kam zum Geschäftemachen, wollte mit Kintex um den Tauschhandel – Kalaschnikows gegen Erdöl – feilschen. Neue Schulden wurden vereinbart, alte getilgt. Ich hörte und sah ihnen zu. Guéo sprach Französisch, und ich presste meine Haut an seine, um zu hören.

Einmal, ein einziges Mal bat Guéo mich: »Alba, kannst du uns bitte einen Moment alleine lassen?«

Er traf einen General in Paradeuniform in Begleitung von drei Männern in Zivil. Guéo und der General küssten sich wie alte, überlebende Krieger. Sie sprachen auf Französisch und gestikulierten auf Arabisch. Guéo hatte es nicht gefallen, wie der General mich angeschaut hatte. Er wandte sich schroff an ihn, bevor er mich bat hinauszugehen.

Denselben General sollte ich später in Paris wiedersehen. Bei meiner Ankunft galt es, sich anzupassen, und ich passte mich entsprechend an. Es galt, zu erzählen, was die anderen hören wollten, und ich erzählte. Sie wollten Stücke der zertrümmerten Mauern, und ich gab sie ihnen. Anpassung bis zur Selbstauflösung.

In Paris marschierte meine Generation, in ein widerspruchsloses Morgen gebettet, durch überladene Supermärkte. Vor zahllosen Produktsorten strotzend folgte sie im gehorsamen Stechschritt. Eine riesige Trommel schickte uns einmal nach links, einmal nach rechts. Keiner hatte mehr Zweifel. Oder Angst vor Mauern. Coluche hatte bereits seine

Restaurants der Herzen ins Leben gerufen, und die Fakultätsjugend, die deren fünfjähriges Bestehen feierte, sniffte die Irrfahrt des Wohlstands.

Ich war so gut wie geheilt und trat in die Pedale eines entnationalisierten Lebens. Ein erwachendes Bewusstsein verirrte sich in Gefilde, in denen trügerische Pläne möglich schienen.

Mit lustvollem Fleiß besuchte ich meine Vorlesungen, eine tägliche Zäsur, mit der die Zeit wieder wohlig verstrich. Die Fenster meines Zimmers waren permanent geöffnet. Im dumpfen Gurren der grauen Tauben, die auf den Brücken von Paris ihren Balztanz aufführten, sprühte Liebe.

In meiner Umgebung suchte man nach Anliegen, die verteidigt, nach Schlachten, die geschlagen werden wollten. Die Jeunesse dorée beneidete die Älteren um ihre Kämpfe. Womöglich mit dem Gefühl, um ihre eigenen Kämpfe gebracht worden zu sein.

Ich fragte mich, woher sie die Kraft zu dem ständigen Verzicht nahmen, den ihre mit Auswahlmöglichkeiten übersättigten Tage von ihnen verlangten. Alles verschwor sich, um ständig neue Wünsche zu erzeugen, von denen noch am Vortag niemand gewusst hatte. Sie waren von einer Auswahl umzingelt, die sie sich nicht ausgesucht hatten. Glitten sie allmählich in ein Vermittlungsvakuum ab?

Die Wahlmöglichkeit war ein Fluch. Die Tatsache, sich ständig entscheiden zu müssen, wurde zu einer Last, die alleine nicht mehr tragbar war. Also schlossen sie sich zu sogenannten »Genossenschaften« zusammen, um die Wucht der »freien Wahl« zu mildern. Um ihr Gewicht zu verteilen, so wie Fakire die Spitzen ihrer Messer verteilen, bevor sie ihren Körper darauf betten.

Einer sparsamen Mimese folgend blieben meine Kameraden unter sich. Sie besuchten ihre Vorlesungen und weil ihnen kein Totalitarismus mehr Uniformen aufzwang, setzten sie alles daran, sie durch eigene zu ersetzen. Sich im Einklang mit stillschweigenden Regeln zu kleiden, um einander besser erkennen und unter sich bleiben zu können. Unangestrengt durchblicken zu lassen, welcher der gerade angesagten »Genossenschaften« sie angehörten.

Das beanspruchte einen Großteil der Zeit, die den Kämpfen vorbehalten war. Gelegentlich gab es Verletzte, aber nach allem, was ihre Vorgänger erdulden mussten, damit sie heute alle Wahlmöglichkeiten hatten, konnten sie schwerlich als Opfer gelten. Also musste man die anderen überbieten. Sich kaputtmachen. Und manchmal kamen Drogen zu Hilfe, um ihnen einen schweren Kampf zu attestieren. Mit der Fußfessel des Hier und Jetzt konnten sie nicht mehr verweilen, nicht mehr einfach nur schauen, ohne Stoppuhr. Sie waren die Frucht des Erfolges, ein den anderen Gesellschaften geschlagenes Schnippchen.

An der Uni fiel mir auf, dass sie lange, ja immer länger und launenhafter studierten. Ein paar Jährchen, die sie dem Gebot der Unmittelbarkeit abjagten. Womöglich ihre Art, den ständig drängenden Wahlmöglichkeiten auszuweichen. Sich einen winzigen Raum ohne Wahl zu erkämpfen. Das Hier und Jetzt aufzuschieben, das über ihren Köpfen ein Schwert des Bedauerns schwang.

Verdarb es womöglich das wirklich Wertvolle zu schnell?

Staunend besah ich mir dieses freilaufende Rad, es war mein zweiter Pariser Frühling. Ein kurzweiliger, erholsamer Frühling. Eine Ruhepause in den zu Asche gewordenen Zeiten.

Und dann hatte mich der General gefunden.

Er war nach Vorlesungsschluss einfach zur Uni gekommen, lächelnd, als hätten wir uns nie aus den Augen verloren. Wir hatten die Seine überquert und uns in den Tuilerien auf eine

Bank unter die Bäume gesetzt. Diesmal trug er einen Straßenanzug, sein Fahrer und ein Leibwächter warteten im Schatten eines Gebäudes. Der General sprach ein exzellentes Französisch, er schien direkt dem achtzehnten Jahrhundert entsprungen. Vermutlich hatte er diese Sprache in den Eliteschmieden von Alexandria gelernt, auf dem berühmten Victoria College für gekrönte und gestürzte Häupter. Oder er hatte an den züchtigen Pforten von Notre-Dame de Sion gelauscht. Seine Wörter fügten sich zu Rosetten, nicht greifbaren, schillernden Wendungen. Eine Verzauberung von Klängen, die einer von Einbalsamierern gehüteten Sprache treu blieben. Ein in Paris unauffindbares Französisch. Ich verstand nur die groben Linien, erfasste seine erfindungsreichen Bilder, seine nachlässig-eleganten Wörter, die sich mir selbst nach zwei Jahren in Frankreich noch immer nicht erschlossen.

Ich war nicht mehr in Sofia gewesen und sollte lange Jahre nicht zurückkehren. Wie hatte er mich gefunden? Ich weiß nicht, wie er mich mit meinem kurzgeschnittenen Haar in der Menge der Studenten ausgemacht hatte.

Er war gekommen, um mir einen Job anzubieten: »Wir brauchen Sie.« Danach hatte er um den heißen Brei geredet und ausführlich den »vielbedauerten« Guéo erwähnt. Was mochte er schon bedauern? Als er meine kühle Reaktion sah, mein Unvermögen, ihn über Guéo sprechen zu hören, hatte der General seine Strategie geändert und einen radikal anderen Kurs eingeschlagen. Innerhalb weniger Minuten nannte er mir die genauen Titel meiner Lieblingsbücher und demütigte mich mit dem Gerede über meine Lektüren.

Der General erwartete eine Antwort, eine eindeutige Antwort, von der er wusste, dass er sie bekommen würde. Unter dem Laub der Bäume in den Tuilerien schaute ich ihn an. Die

Antiquare und Autographenhändler kurbelten die Rollläden ihrer altmodischen Boutiquen hoch.

Ich schaudere, Angst und Einsamkeit kriechen wieder in mir hoch. Meine französischen Wörter verschwinden im Unbekannten. Das Leben mit Guéo packt mich wieder an der Kehle. »Schon gut, Alba, alles wird gut, du wirst sehen, meine Alba, ich werde immer für dich da sein.«

Ich sitze dem General gegenüber. Er hat sich nun in eine elegante Person verwandelt, die es auf mein verbliebenes Leben abgesehen hat.

»Der Chef von Kintex, Herr D., hat Sie in bester Erinnerung. Er schwärmt nur so von Ihnen und hofft, dass Sie damit einverstanden sind, uns bei…

- Verzeihung, aber wer ist das überhaupt?

- Sie kennen ihn sehr gut, Sie haben ihn in Sofia getroffen.

- Tut mir leid, ich weiß nicht …«

Ich sehe noch vor mir, wie Guéo nach dem Abendessen mit diesem Mann seinen Ehering fortschleudert. Die Lüge verleiht mir wieder etwas Farbe, macht mich dreist, ich gebe nicht auf, aber meine Zunge ist trocken, und die Stimme bleibt mir in der Kehle stecken.

»Sie verwechseln da vielleicht etwas. Ich weiß nicht, wie ich …

- Wir verwechseln selten etwas, junge Dame, das werden Sie noch merken.

- Ich weiß nicht viel, aber Sie wissen sicher, dass ich im Schlaf spreche, das kann unangenehm sein. Und hängt nicht von mir ab.

- Wir glauben, dass Sie uns helfen können. Sie bewahren Dokumente auf, die er Ihnen anvertraut hat, nicht wahr?

- Ich bewahre alles von ihm auf, aber vieles andere habe ich verloren. Für Sie hat er mir nichts anvertraut.«

Der General schaut auf die Uhr, seine gute Laune ist ungetrübt, er lächelt mich unverwandt freundlich an. »Leider muss ich los. Es war ein Vergnügen, mit Ihnen zu plaudern, aber ich werde erwartet. Ich bin froh, Sie in so guter Verfassung angetroffen zu haben. Der neue Haarschnitt steht Ihnen ganz ausgezeichnet.«

Noch monatelang sollte ich Bettlaken über meine Lektüren breiten, meine Bücherstapel abdecken, das Fenster schließen, die Verdunklungsrollos herunterlassen. Mich wieder verstecken, mich mit aller Kraft auslöschen.

Es gab kein zweites Treffen mit ihm. Darum kümmerten sich andere. Von ihm sollte ich Anrufe bekommen, zur Auffrischung meiner Erinnerung. Vergessen ist unmöglich. An der Kreuzung der Zeiten lebe ich ohne Später und ohne Gestern. Die Verwandlung ein und derselben Reise, ein Leben, das hinter meinem Leben mit Guéo durchschimmert.

Wohin hatte er mich katapultiert? In welche Ferne?

Wieder kommt mir das Jahr des Gutachtens in den Sinn, mit seinem ständigen Hin und Her und seiner letzten, im Grunde vorhersehbaren Wendung.

Im September schenkte ich Guéo zum Geburtstag das Gemälde. Die Idee zu diesem Bild war zwei Jahre zuvor in einer merkwürdigen Sanatoriumsnacht in mir entstanden. An einem Abend, an dem Colombe Blanche, von einer heftigen Migräne ans Bett gefesselt, in ihrem Zimmer blieb. Guéo und sein Freund, der polyglotte Diplomat, hatten sich lange unterhalten. Alles begann beim Abendessen mit einer kleinen Anekdote, die Guéo erzählte, wie er es gerne tat. Einfach so, zu unserer Unterhaltung. Es ging um seine erste Mission bei der UNO. Als Absolvent der KGB-Schule in Moskau war er nach seiner Zeit als lebender Nikotinpatch Breschnews erstmals zu einer internationalen Einrichtung gesandt worden, ins Büro der Vereinten Nationen in Genf.

Zum ersten Mal betrat Guéo den Saal einer Plenarsitzung. Ich kann ihn mir gut vorstellen, in seinem feschen Anzug, die Arme voller Akten, unerfahren und ungeheuer stolz. Er nahm an der riesigen Runde aus Tischen Platz. Auch die Wände des Saals waren abgerundet und hinter Vorhängen versteckt, damit alle Abordnungen absolut gleichberechtigt waren – sogar im Hinblick auf die vier Saaltüren. Es war unmöglich, diese vier Ausgänge oder die hinter dicken Vorhängen verborgenen Fenster auszumachen, vor denen in gleichmäßigen Abständen livrierte Saalhüter postiert waren. Guéo, der junge UNO-Beauftragte der bulgarischen Abordnung, wusste nichts von den komplizierten Regeln, die allein an der grünen oder goldenen Farbe der Uniformknöpfe abzulesen sind. Vier der livrierten Männer trugen grüne Knöpfe, um Eingeweihten die Position der Türen zu signalisieren. Einmal wurde Guéo gebeten, Akten aus einem Büro außerhalb des Saals zu holen. Er machte sich ebenso eilig wie selbstgewiss auf, ohne nach dem Ausgang zu fragen. Wir lachten sehr über seine Beschreibung der jämmerlichen Schlacht mit »den UNO-Vorhängen der Gleichheit«: »ein wahrer Höllenkreis aus furchtbar schweren Vorhängen.« Er zerrte sie in sämtliche Richtungen und geriet unter ihrem Gewicht ins Schwanken. Die Akten fielen ihm aus der Hand und verteilten sich auf dem Boden. Als er sich bückte, um sie aufzusammeln, bekam er noch dazu einen Vorhang ins Gesicht, der ihm beim Zurückwallen die Brille von der Nase riss. So lieferten sie sich eine entschlossene, aber ungleiche Schlacht, bevor ihm einer der livrierten Männer zu Hilfe kam. Der ganze Saal amüsierte sich über diesen Anblick.

»Ich glaubte schon, diese verteufelten Vorhänge nie mehr loszuwerden; bei jeder Bewegung umwickelten sie mich, als wollten sie mich verschlingen. Ganz furchtbar, richtiger Treibsand! Kaum hatte meine Karriere begonnen, war sie auch schon wieder vorbei. Aber statt mich zu feuern, sagte der Chef unserer Abordnung zu mir: ›Ausgezeichneter Einstieg, Guéo! Wenigstens wissen Sie jetzt, wie gefährlich ein solches Gelände sein kann. Man braucht eine gewisse Erfahrung, um in den Kulissen der Gleichheit nicht zu stolpern. Merken Sie sich das gut, junger Freund!‹«

Der polyglotte Diplomat lachte. Er erzählte nun seinerseits von seinem ersten Besuch im Vatikan, seinem ersten Augenblick vor der Pietà und seinen Begegnungen mit der Malerei des fünfzehnten und sechzehnten Jahrhunderts.

Das Gespräch war lebhaft, die beiden Männer redeten wild durcheinander, streuten Anekdoten und Überlegungen ein. Der Diplomat erwähnte das in seinen Augen archaische Bedürfnis des Menschen, »Bilder heraufzubeschwören, Striche hinzukritzeln und zu zeichnen, etwas im Gedächtnis aufzubewahren und weiterzugeben. Lauter Fäden, die sich von den Höhlengestalten bis zu den Kuppeln unserer Kathedralen spannen.«

Mitten in der Unterhaltung begann er plötzlich, ohne ersichtlichen Zusammenhang, eine Erinnerung zu erzählen:

»Meine Amme war Analphabetin«, sagte er und beugte sich etwas vor. »Sie hatte zwei Töchter und einen Sohn. Ihre drei Kinder, die älter waren als ich, blieben den ganzen Tag lang zu Hause und machten sich bei allen möglichen Leuten nützlich. Bei Kriegsende schauten wir uns gemeinsam die siegreich durch Sofia rollenden russischen Panzer an. Von diesem Tag an war mein Vater nicht mehr derselbe. Er stellte sich beim Revolutionären Komitee vor und gehörte zu den Ersten, die ihr Eigentum hergaben. Am Abend weinte Maria, die Amme. Zum ersten Mal sah ich diese sanfte und tröstliche Frau weinen. ›Wohin soll uns das alles noch führen?‹, sagte sie immer wieder. Mein Vater war kein sehr gesprächiger Mann. Marias Tränen gingen ihm auf die Nerven, und er verbat sich mit finstrem Gesicht jede Diskussion. Marias Kinder und ich halfen meiner Mutter dabei, unseren Alltagskram zu sortieren, und wir zogen alle in den obersten Stock hinauf. Ein paar Wochen später nahmen zwei Familien das übrige Gebäude in Beschlag, und Maria begann, eine Abendschule zu besuchen. Gegen Jahresende hörte sie gar nicht mehr auf zu weinen. Mein Vater schimpfte mit ihr, doch ohne Erfolg. Er fragte sie über ihre Kurse aus, und sie las uns schluchzend aus der Zeitung vor. Beim Tod meines Vaters sorgte Marias Sohn dafür, dass er posthum den Orden des

Volkshelden verliehen bekam; meine Akte an der diplomatischen Universität trug die Erwähnung ›ohne nachteiligen familiären Hintergrund, kann im Ausland eingesetzt werden‹. Noch heute denke ich darüber nach. Was hatte meinen Vater dazu veranlasst, einfach einzupacken ohne aufzubrechen? Seine Freunde verließen das Land mit allen Mitteln …

- Vielleicht gefiel ihm die Idee, dass Maria und alle anderen Marias im Land lesen und schreiben lernten, wirft Guéo lächelnd ein, und neigt leicht den Kopf zur Seite.

- Das wirst du also nie vergessen, Guéorgui! Aber warum auch nicht, es ist eine hübsche Idee.

- Das ist nicht nur eine Idee, Stamo! Es ist mehr als eine Idee, denn wenigstens das haben wir geschafft. In diesem Land wächst kein Kind mehr auf, ohne lesen und schreiben zu lernen, alle haben ein Recht auf Impfungen, auf ein Dach über dem Kopf und ausreichend Nahrung. Wir haben einiges geschafft, eine Wahnsinnszeit investiert. Daran ist nicht zu rütteln. Wir haben dem Schicksal richtig eins reingewürgt!

- Ja, eins reingewürgt, sagst du …, wiederholte der Diplomat und strich sein grau werdendes Haar nach hinten, bevor er mit dumpferer Stimme fortfuhr: Ich habe die Briefe meines Vaters gelesen. Ich wollte verstehen, was ihn zu seiner Entscheidung veranlasst hat. Für ihn war es, glaube ich, etwas ganz anderes. Es ging ihm um Vorbildlichkeit. Er war ein vorbildlicher Mensch, wirklich.

- Du glaubst also, für ihn war alles, was wir unternommen haben, nur eine ›vorbildliche‹ Veränderung?

- Er verachtete die Ausreißer. Er brach mit allen Freunden, die weggingen. In seinen Briefen wirft er ihnen Feigheit vor. Nicht wegzulaufen bedeutete für ihn, sein Haus abzugeben, in der Fabrik zu arbeiten, Graubrot zu essen. Es hatte für ihn sogar etwas Tröstliches. Aber ich werde nie wissen, ob er diese Vorbildlichkeit für besser hielt als jede andere. Verstehst du?

- Und darum hast du beschlossen zu bleiben?

- Ich habe nicht beschlossen zu bleiben, Guéorgui, ich habe lediglich seine Entscheidung respektiert.

- War es denn deine Vorbildlichkeit?

- Ach, weißt du, ich bin kein vorbildlicher Mensch geworden. Hab es nicht einmal versucht. Ich wollte hier einfach meinen Platz finden, ohne wegzulaufen. Keine Fahnenflucht. Und glaub mir, Diplomat zu werden, ist letztlich viel besser als Ausreißer auf Lebenszeit.

- Wovor hast du dann Angst?

- Vor der freien Zeit.«

Der polyglotte Diplomat überdachte kurz, was er gerade gesagt hatte und setzte hinzu:

»Vor dieser ›Wahnsinnszeit‹, wie du sagst, Guéorgui. Wir haben Zeit investiert, unglaublich viel Zeit, das stimmt, aber wir haben den Kampf um ihre unmögliche Vermittlung verloren. Im Kommunismus ist für diese Vermittlung nichts vorgesehen, jede Generation fängt wieder bei Null an …

- Und was fängt sie an? Das weiß niemand mehr,« sagte Guéo.

»Ja, es braucht eine gewisse Disziplin, um nicht alles zu ersticken. Aber wir dachten, dass getrennt werden muss. Dass klassifiziert und geordnet werden muss, um alles zu bewältigen. Schau nur, als Erstes haben sich die Kreativität und die Innovation von uns verabschiedet. Und zwar nicht, weil wir die besten Zensoren sind, so wie zu manchen Zeiten die Kirche. Noch nie hat die Zensur die Kreativität behindert, ganz im Gegenteil, sie liefert dem Unendlichen erst den Konflikt und damit den nötigen Stoff. Aber fragst du dich nie, weshalb unsere Gesellschaft außerstande ist, Kunstwerke zu schaffen? Das hätte uns schon viel früher alarmieren sollen.

- Vielleicht weil wir nicht auf das richtige Pferd gesetzt haben, Stamo. Wir haben alles nur auf einen Probierhengst gesetzt: den Willen.

- Interessant. Glaubst du immer noch, dass man den Willen nur durch den Wunsch hätte ersetzen müssen, damit alles anders läuft? Lustig. Weißt du, was wünschen auf Lateinisch heißt, was genau *desiderare* bedeutet? ›Das Fehlen bemerken‹. Es fehlt immer etwas, und es wird immer etwas fehlen. Also sucht man, benennt ein neues Fehlen, einen ständigen Mangel. Das Wollen aber, *voluntas*, konzentriert sich auf das bereits abgesteckte Ziel. Wollen bedeutet ›sich einer Handlung zu unterziehen.‹

- Ich weiß nicht, Stamo, das ist dein Gebiet, aber immerhin habe ich mit Sicherheit noch nie gesehen, dass aus dem Willen ein Wunsch entsteht. Auch beim besten Willen nicht, Stamo! Umgekehrt aber klappt es. Der Wunsch kann einen starken Willen bewirken. Das weißt du besser als jeder andere. Und auf der anderen Seite haben sie genau darauf gesetzt.

- Aber sie übertreiben es.

- Weil sie den Wunsch so dringend brauchen! Ohne Wünsche gibt es bei ihnen doch nur Rezession und Depression. Und das haben sie gar nicht gern. Es gefällt ihnen nicht, wenn jemand zu wollen aufhört, dann erklären sie ihn für heilungsbedürftig und schicken ihn ins Krankenhaus, so wie wir es mit denen machen, die sich der zentralisierten Macht nicht unterwerfen. Auf den ersten Blick scheinen sich die Systeme zu überschneiden, aber de facto haben die beiden Mechanismen nichts miteinander zu tun, sie entwickeln ganz unterschiedliche Fähigkeiten.

- Ja, sie haben auf das Fehlen gesetzt und wir auf die Gewissheit, das ist etwas grundlegend anderes, in diesem Punkt gebe ich dir Recht.

- Der Wille kommt immer zu seinem Recht, Stamo, er sucht nicht. Wir suchen schon seit Jahren nicht mehr. Die Innovation birgt zwangsläufig ein Risiko, ein Stückchen Nutzlosigkeit. Erst nachher, nicht zuvor, kann der Wille sie einfordern. Wenn der Wunsch fehlt, nimmt die Angst vor dem Nutzlosen überhand, und der Mut zu suchen schwindet. Das steckt tief in uns drin …

- Guéorgui, das Nutzlose sieht dem Fehlen einer kontrollierten Bedeutung unerschrocken zu. Wenn du dieses ›Nutzlose‹ meinst, dann bin ich ganz deiner Meinung. Dieses ›Nutzlose‹ ist für mich genau umgekehrt das absolut Nützliche. Manchmal nenne ich es ›Kunst‹, damit der Mensch Mensch bleibt und das Suchen nicht aufgibt. Wir hatten den Anspruch auf eine endgültige Lösung, der Kommunismus hatte den Anspruch, die Menschen zufriedenzustellen …

- Der Kommunismus hat zuerst einmal seinen eigenen Wunsch nach dem Kommunismus abgetötet.«

Guéo steckt sich eine Zigarette an, zieht lange an ihr und sagt dann, mehr für sich:

»Jedenfalls müssen bestimmte Dinge endlich gesagt werden.

- Ich war nie ein guter Erzähler, antwortet der Diplomat leise. Vielleicht ist das meine größte Niederlage. Je zahlreicher die Zeugen, desto einfacher das Schweigen, Guéorgui. Manchmal habe ich es sogar für nötig gehalten. Ich weiß nicht … Wie soll ich über die Absurdität sprechen, wegen der meine Frau gestorben ist. Siehst du, ich konnte meinen Töchtern nie erzählen, was während der Militärparade, bei der ihre Mutter zu Tode gekommen ist, wirklich geschah. Eines Tages werden sie mir Vorwürfe machen, das weiß ich … Meine Frau, meine eigene Frau! Eine der wenigen Elite-Fallschirmjägerinnen, der Stolz dieser neuen Gesellschaft, in der die Frauen gleichberechtigt waren, während sie anderswo noch an ihrem Strickzeug saßen. Sie war ausgewählt worden, um die glorreiche Stellung der Frau zu demonstrieren. Sie sollte den Sprung zum krönenden Abschluss der Parade ausführen, mitten auf der offiziellen Tribüne landen, ihr schönstes Lächeln aufsetzen … Sie war so stolz, dass man sie ausgewählt hatte … Und auch ich war unendlich stolz auf sie. Doch leider ist sie zu spät abgesprungen … Der Kommandant hatte sie so lange wie möglich im Flugzeug zurückgehalten, um die Kameraden am Boden zu beeindrucken … und ich, ich stand da, mit meinen beiden Töchtern auf dem Arm. Zwei Tage später hörten wir gemeinsam die Salutschüsse, mit denen ihre Mutter beigesetzt wurde …«

Die Schultern des Diplomaten sind zusammengesunken, sein Kopf ist in den Händen vergraben. Er rührt sich nicht, während ein langes Schweigen in der Nacht irgendetwas zusammenschweißt.

Ich entdeckte Bruchstücke eines Lebens, von dem ich nichts geahnt hatte. Eine neue Wirklichkeit rings um mich, um uns alle. Ich wusste, dass der polyglotte Diplomat verwitwet war, aber Guéo hatte deutlich gemacht, dass seinem Freund keinerlei Fragen über seine Frau gestellt werden durften. In dieser Nacht hatten die beiden Männer ihr Herz ausgeschüttet, über die Wörter und über ihre Dämonen. Wieder hatten sie den Dampfer erwähnt, auf dem sie herrschten und von Jugend an dienten, von dem sie nicht mehr abspringen, auf dem sie nichts löschen oder rückgängig machen konnten. Ja, ständig benutzten sie dieses Bild, »Dampfer« oder »Schiff« und was weiß ich noch, unfähig, das zu benennen, dem sie ihr gesamtes Leben gewidmet hatten. Sogar die Abwesenheit Colombe Blanches floss an diesem Abend ins Gespräch ein, als hütete ihre Migräne noch weitere Geheimnisse. Die Zweifel, die Ausflüchte, in denen sie alle einen Funken Wahrheit und ein unmögliches Verzeihen fanden. Der Diplomat hatte in diesem Erinnerungsgeflecht die Flucht ergriffen und uns in schillernden Farben die Gemälde beschrieben, die ihn geprägt und »am Leben erhalten« hatten. Lange sprach er über die Kunst, sein Ventil.

Er sprach mit einer traurigen Souveränität darüber, und ein schwaches Vertrauen schien in seinen Worten auf, als er etwas mir Unverständliches erwähnte: »Sie ist die direkte Konsequenz, mit der sich der Mensch in seinem tröstlichen Bedürfnis nach Schönheit an einen Widerstand klammert. Die nie versiegende Fähigkeit, einen Ausweg zu finden, eine Tür für die Menschheit, die sich trotz allem nie aus der Welt zurückziehen wird ...«

Ich bewahrte dieses Gespräch unter einem Schutzfilm in mir auf, den ich später, wenn ich Zeit hätte, wieder entfernen würde. Ihre chaotische Überdrehtheit war mir unverständlich. Eine ungewohnte Anspannung von Körpern und Stimmen. Sie sprachen eindringlich über die 1970er-Jahre, über Irrtümer und verpasste Gelegenheiten. Beide schienen ein Schweigen zu brechen, einen langen Stimmverlust zu überwinden; schienen Fragen aufzuwerfen, ohne wirklich eine Antwort zu erhoffen. Das Einzige, was ich damals begriff, war, dass sie gesucht, aber nicht gefunden hatten. Sie waren wie Geographen, die offenbar ihre Karten zerrissen hatten. In gewisser Weise gestanden sie ein, ihre Zeit vertan zu haben.

Heute fürchte ich selbst, keine Zeit mehr zu haben. Nicht mehr zu wissen, was mit »ja« oder »nein« beantwortet werden soll.

Diese Nacht hatte feine Spuren hinterlassen. Sie hatte in mir das geheimnisvolle Bedürfnis nach dem Nutzlosen geweckt. Unentbehrlich, weshalb eigentlich? Ein unverständliches Verlangen, ein Verlangen wie die Liebe. Der Zufluchtsort unseres Sanatoriums hatte mein Leben durchkreuzt, das nicht mehr zu seiner ursprünglichen, nun auch seinerseits endgültig verwandelten Form fand. Aber das Verlangen verirrt sich nicht. Es kann sämtliche Formen überwinden, jeden Torus erklimmen und über dessen wandlose Schrägen gleiten.

Je mehr ich diesem Bedürfnis auf den Grund ging, desto stärker drang das Verlangen an die Oberfläche. Ich wollte ein Geschenk für Guéo, ein Konzentrat an Nutzlosigkeit. Ein Gemälde, eine verzerrte Fläche in der von jeher mit einer Endlosschleife umwickelten Kontinuität, jener geschlossene Spalt zwischen »eins« und »null«, zwischen »ja« und »nein«. Ein schlichtes Geschenk, um Guéo zu feiern. Ein »Ja«, einfach so, auf der Höhe meines geheimnisvollen Verlangens; der Wunsch, ihm zu widmen, was er in mir weckt. Naiv will ich ihm meine Nacktheit schenken, mit einem Bild unsere Nacktheit feiern.

Tagelang posierte ich im obersten Stockwerk meines Wohnhauses für einen Maler. Ich bat ihn, meine ganze Nacktheit zu zeichnen. Zahlte ihm all meine Ersparnisse. Ich war bereit ihm zu geben, was ich hatte, damit er mich in meiner Guéo-Nacktheit auf diese verfluchte Leinwand bannte. Ich ließ ihn alle nötigen Skizzen, alle Striche ausführen, um dieses Bild der Hingabe zu schaffen. Stundenlang, mehrere Tage am Stück rührte ich mich nicht. In Dreiviertelansicht lag ich auf meiner linken Hüfte, so wie Guéo mich gerne anschaute und streichelte, mein Haar fiel über die rechte Schulter, die unter der Kuppel unserer Nächte aufragte. Keine Fotografie schien mir das zu bewahren, das Auge allein genügte nicht, es bedurfte der vermittelnden Hand, der zögerlichen Dauer der Blicke, die über den einfachen Augenblick hinausreichen, die Zwischenräume liebkosen. Bis das Bild verschwindet und ein ungetrübtes organisches »Ja« entsteht. Ich bewegte mich nicht, wagte kaum zu atmen, hielt die Luft an, wie damals, als ich über Guéos Schlaf wachte. Über jenen Schlaf, der ihm nächtelang abhandenkam, und in den er sich mithilfe unzähliger Medikamente, wild durcheinander, verhexte Feinde, schließlich ergab.

Am Abend seines Geburtstages zelebrierten wir ein Fest außerhalb der Zeit.

Ich reichte ihm das in Zeitungspapier gewickelte Gemälde. Er schaute es lange an. Ich umfing seinen Hals, meine Brust auf seinen nackten Schultern, meine Augen neben seinen.

»Wie jung du bist, Alba …«

Er wiederholte es mehrmals. Ich lachte aus vollem Halse. Ich drückte seine Hände und sah ihn zum ersten Mal vor Kälte zittern. Eisige Angst. Er starrte auf das Bild und sah mich nicht mehr.

»Alba, so jung bist du …«

Er sagte es immer wieder. Welche Jugend macht ihm an diesem Abend Angst? Was sieht er in dem Gemälde? Wer, zum Teufel, hatte dieses Bild gewollt? Wie absurd, geliebter Gatte! Verwünschtes Gemälde. Es würde mich seiner Gegenwart berauben, das Schweigen verletzen. Ich hatte nichts begriffen. Guéo nahm das Bild und packte es langsam wieder ein.

»Gefällt es dir?«, juchzte ich.

Wie dumm ich war! Ich glaubte, die Zeit fortschieben und in uns einschließen zu können. Ich malte mir aus, wie Guéo mich überallhin mitnahm, so wie er mich gemacht hatte. Was für eine dämliche Idee, geliebter Guéo, dich zurückhalten zu wollen, weil ich nicht geben kann. Vom ersten Moment an hatte Guéo meine Hingabe verweigert: mit dem Opfer seines Sohnes, mit unserem Kind im Waschbecken, mit all unseren anderen abgetriebenen Aufbrüchen. Guéo hatte meine Hingabe verweigert, dafür aber sein Leben in meine Hand gelegt.

Er hängte das Gemälde bei sich zu Hause auf, in seinem zum Schlafzimmer umfunktionierten Büro. Niemand kam je in dieses Zimmer. Er sprach von einem Aufbruch nach Damaskus. Seine letzte Zuflucht war ein ebenso wahnwitziger wie verrückter Einfall: »Wenn etwas schiefläuft«, könnten wir für ein paar Jahre in einem sonnigen Land leben, »bevor du weggehst.« So sah er die Dinge: einen kurzen Augenblick zur Welt bringen – und dann ein Abschied ohne Wiederkehr.

Seine Frau hatte begriffen – wohl schon als der Ehering von Guéos Hand verschwunden war. Möglicherweise hatte sie es schon lange zuvor begriffen, aber einfach noch gewartet. Das Zurückhalten des Gutachtens, die darauffolgenden Ereignisse und die Gefahr einer neuen Zeitverteilung hatten etwas ins Rollen gebracht. Langsam drang die Beunruhigung durch die Ritzen einer immer weniger vorhersehbaren Wirklichkeit.

Die nette Generalstochter klopfte eines Abends an Guéos Bürotür und kam mit zwei Whiskygläsern in der Hand herein.

»Das mochtest du doch so gerne in Damaskus. Erinnerst du dich? Ich habe die Eiswürfel in große Stücke gehauen, extra für dich, Guéorgui, direkt mit dem Eispickel, so wie du es damals in Damaskus gemacht hast. Ich glaube, wir sollten uns unterhalten. Das ist jetzt lange genug so gegangen. Du konntest eben nicht rechtzeitig aufhören, Guéorgui, und jetzt weißt du nicht mehr, wie du aufhören sollst. Ich will es einfach verstehen, du kannst mir alles sagen, Guéorgui …«

Er hatte sie angeschaut, möglicherweise einen friedfertigen Abschiedswunsch erkannt und sie aufgefordert, sich in den Sessel neben das stets verhängte Fenster zu setzen. Er hatte ein letztes Glas Whisky akzeptiert, in dem irgendwo weit entfernt ihre schönen Jahre schwammen. Sie hatte ihn zum Sprechen bewegt, ohne Drohungen, ohne Argwohn, ohne Zurückhaltung und Hintergedanken, aber auch ohne ein Morgen. Er hatte ihr alles gesagt und beschrieben. Seine Hoffnung, seine Arbeit und die womöglich noch ausstehende letzte Kehrtwendung. Alles hatte er ihr erzählt, sogar, was er für das Studium ihrer Söhne geplant hatte, zuerst für den Ältesten mit seiner Frau und ihrer Enkelin, dann in drei Jahren für den Jüngsten. Er hatte alles erzählt, als wollte er an einer Kommunion teilhaben, von der er sich doch ausgeschlossen wusste. Sie hatte zugehört, ohne ihn zu unterbrechen, während sie, mit halbgeschlossenen Augen, die Lippen am Whisky, langsam den Kopf hin- und herwiegte, um zu bedeuten, dass sie verstand, dass sie von Anfang an alles gewusst hatte. Sie hatte das Gemälde an der Wand betrachtet und weiter wortlos an ihrem Glas genippt und den Kopf bewegt. Dann ging sie Nachschub holen. Als sie mit dem Eispickel in der Hand zurückkam, durchstach sie wie eine Wahnsinnige das Gemälde und brüllte ihre ganze Wut heraus:

»So läuft es einfach nicht, es läuft nicht so, wie du willst, Guéorgui. Du wirst nirgendwohin gehen, hörst du, Guéorgui …«

Sie stürzte sich auf Guéo und rammte ihm weinend und schreiend den Pickel in die Leiste. Mit einem Handtuch auf dem blutüberströmten Oberschenkel war nun er an der Reihe, ihr schweigend zuzuhören.

»Guéorgui, hast du den Verstand verloren? Alle denken, dass du etwas ausheckst. Wer soll schon diese Geschichte einer letzten Liebe glauben, wer in aller Welt wird in diesen unruhigen Zeiten eine solche Geschichte schlucken? Du wirst einfach kaltgemacht, noch bevor du deine schönen Koffer im Palast in Damaskus abstellen kannst.«

Sie hatte sich etwas beruhigt.

»Wenn du nicht aufhörst, werden wir alle kaltgemacht, Guéorgui! Was tust du da bloß? Warum warst du nicht im

Plenum? Für wen arbeitest du? Das ist der helle Wahnsinn, alle suchen jetzt nach dem, was du vor ihnen versteckst. Warum weigerst du dich denn, ihnen das Gutachten zu geben? Wenn du keine Vernunft annimmst, Guéorgui, wenn du dich für deine Kinder nicht in den Griff bekommst, dann denk wenigstens an sie, was wird denn aus ihr? Hast du darüber mal nachgedacht? Wo hast du deinen ach so brillanten Kopf? Du hast den Bezug zur Wirklichkeit verloren, Guéorgui …«

Guéo unterbrach sie brüsk.

»Ewdokia, erzähl mir nicht, dass dich interessiert, was ›aus ihr‹ wird, erspar mir deine Manipulationen, das zieht nicht mehr. Diesem jungen Mädchen gebe ich nichts, was ich dir vorenthalten hätte. Nichts von dem, was ich dir bieten kann, interessiert sie. Und nichts von dem, was ich mit ihr erleben kann, nehme ich dir weg, das weißt du. Und auch unsere Kinder haben damit nichts zu tun. Wir müssen über etwas ganz anderes sprechen …

- Ach, und worüber?

- Über dich zum Beispiel. Wer bin ich denn inzwischen für dich, Ewdokia? Ich weiß es längst nicht mehr. Du bist die Einzige, die darauf eine Antwort hat, der Rest geht dich nichts an, mein Bericht – das wirst du nie verstehen, Ewdokia … Das ist alles, was mir bleibt! Alles, was ich wiedergutmachen kann …

- Gar nichts kannst du wiedergutmachen, du bringst uns in Teufels Küche, das ist alles, was du tust, wenn du so weitermachst …

- Sag es mir, Ewdokia, war ich für dich nur das?

- Und ich, was war ich denn für dich? Ein bewährter Schutz, mit meinem Vater, der dir immer aus der Patsche helfen konnte.

- Wir hatten auch etwas anderes, Ewdokia, wir sind mehr als das …

- Meinst du die ganzen Jahre, in denen du zwischen deinen diversen Geliebten jongliert hast, die ich ertragen musste …

- Nein, Ewdokia, nicht das! Schau mich an. All diese Jahre hast du über meine ›Seitensprünge‹ genau Buch geführt. Kamen sie dir nicht auch ganz gelegen? Schau mir in die Augen und sag mir, wie viel Spaß es dir gemacht hat, mir hinterherzuschnüffeln, ohne darüber zu sprechen, alles zu kontrollieren … Warum jetzt immer noch?

- Du lässt mir keine Wahl, Guéorgui, du kannst nicht mehr aufhören …

- Ach ja? Und welches Revier verteidigst du heute? Was oder wen willst du bei dir behalten?

- Wenn du so weitermachst, werden sie sich zuerst an uns rächen, verstehst du denn nicht, was du da gerade tust, Guéorgui?! Niemand wird deinen Wahnsinn unterstützen. Du hast ein sehr kurzes Gedächtnis und gute Betäubungsmittel …

- Misch dich da nicht ein.

- Ach ja, nicht einmischen soll ich mich, ich kann aber gar nicht anders, du hast uns schließlich alle mit eingemischt …

- Wenn du wenigstens einmal nicht Recht haben wolltest, Ewdokia, ein bisschen unvernünftig sein könntest …

- Guéorgui, hör auf damit! Das führt zu nichts.

- Kein Fehltritt, dressiert wie ein richtiger kleiner Soldat. Was war dir denn wichtig? Schau mich an! Ich habe mich selbst als Dieb verkleidet, um vor deinem unfehlbaren Gericht besser dazustehen. Ja, du hast Recht, das führt zu nichts. Bitteschön, Frau Generalstochter, wenn ich jetzt einen Schritt zurückmache, Ewdokia, stehe ich im Grab, ist es das, was du willst?«

Er greift sich an die Brust, seine blutige Faust befleckt seine Haut, er fährt wutentbrannt fort:

»Hab ich dich je eingesperrt, Ewdokia? Wann? Und wo? Sag, das ist doch etwas, was du mir sagen kannst. Das geht dich an, nur dich. Wer hält dich eingesperrt? Wem gewährst du als allgemeine Schlüsselinhaberin so großmütig deine Gunst?

- Guéorgui, versuch nicht, so herauszukommen, das ist zu einfach. Ohne mich wärst du nicht da, wo du bist. Wenn ich dich in diesen ganzen Jahren nicht unterstützt und motiviert hätte …

- Aber wen hast du unterstützt, Ewdokia? Und wen hast du motiviert? Ich bin doch kein Möbelstück, das poliert wird, oder deine Hure, die weißgewaschen werden muss. Das, was ich jetzt tue, hätte ich schon vor Jahren tun sollen.

- Nein, Guéorgui, das kannst du uns nicht mehr antun.

- Du hast Recht, ich hab mir meine Augen ausgestochen. Mit der Spitzhacke zurechtgestutzt. Dieselbe, mit der wir alles abgezirkelt, alles perfekt kontrolliert haben. Ich musste genau so und nicht anders sein, nicht eine Haarsträhne durfte von der Stelle weichen, die ihr die Generalstochter zugewiesen hatte. Faszinierend! Du hast sogar beschlossen, welche Frau meine Geliebte sein durfte und welche nicht. Eine charmante Art, mich an der Leine zu halten und deine eigene Größe als hingebungsvolles Opfer vor dem HERRN zu unterstreichen.

- Du redest Schwachsinn. Diese Vorstellung passt wohl gut in deine Schubladen, Guéorgui.

- Ja, genau, und wieder hast du Recht, Ewdokia. Genau so ist es, wir denken nur noch in Schubladen voneinander.

- Ah, glaubst du denn, dass es einfach ist, mit dir zu leben?

- Es war zumindest einfach für dich, solange du noch die Schlüssel zu allen Geheimfächern hattest. Aber jetzt merkst du, dass dir ein Schlüssel fehlt, und das erträgst du nicht. Solange alle noch am Bund hingen, konntest du sämtliche Schlösser überprüfen, ich habe dich sogar dafür bewundert … Ich war fasziniert von deiner Gleichgültigkeit, und von der unbändigen Hartnäckigkeit, mit der du mich in diesen Fächern eingesperrt hast. Wie ein *dourak*[7] habe ich dir lustvoll dabei zugeschaut, welches Fach du mir aufschließen würdest und welches nicht. In diesen Momenten hast du mich geradezu erregt, ach, Ewdokia …

- Guéorgui, ich erlaube es dir nicht, du hast kein Recht dazu …

- Aber doch! Es wird ja wohl irgendwo eine winzige Nische geben in der ich ein Recht dazu habe, ein letztes kleines Fach, zu dem du keinen Schlüssel hast.«

Er schlüpfte in sein zerknittertes Hemd, knöpfte es mit seinen fleckigen Fingern zu, stieß seine Frau unsanft zur Seite und ging.

»Das interessiert mich nicht mehr, Ewdokia, ich dachte, ich hätte es erklären können … Du hast Recht, es ist zu spät, aber niemand wird mich jetzt noch davon abhalten können!

- Du musst Vernunft annehmen, Guéorgui, ich warne dich, es wird dir noch leidtun. Warte nur ab, Guéorgui, warte nur …«

---

7 »Vollidiot« auf Russisch

Er kam am frühen Morgen. Blass, die Kiefer fest zusammengepresst. Kaum in der Wohnung, ging er ausdruckslos wie ein Schlafwandler in Richtung Badezimmer.

»Pack ein paar Sachen zusammen, wir fahren.«

Entsetzt sah ich die Blutflecken auf seiner Brust, das auf die Leiste gepresste Handtuch:

»Was ist denn passiert, Guéo?

- Das erzähl ich dir im Auto, nun mach, los.«

Ich steckte schon in meiner Schuluniform. Ohne mich umzuziehen und ohne weitere Fragen zu stellen, klaubte ich ein paar Sachen zusammen. Wir gingen zum Auto.

Wir fuhren eine ganze Weile, ohne Musik, schweigend. Ich spürte, dass sich in der vollkommenen Stille etwas Unwiderrufliches vollzog. Wir steckten in einem unbeweglichen Kreis fest, in dem auch die letzten Versuche scheiterten, eine neue Welt aufzubauen. Ein Strudel hatte uns erfasst, und wir suchten vergeblich nach der Stelle, an der Anfangs- und Endpunkt unterschiedslos miteinander verschmelzen.

Wir glichen ziellosen Ausreißern, ich in meiner Schuluniform und er in seinen völlig zerknitterten und blutigen Kleidern. Neben dem Schild »Warna 283 km« hielt Guéo auf dem Pannenstreifen. Er begann sich die Brust zu reiben. Sein Knie zitterte. Ich schrie: »Guéo, was hast du, was ist los?« Und er fing an zu reden. Leise und tonlos, ohne Atem zu holen, ohne Pause zwischen den Buchstaben. In allen Einzelheiten erzählte er mir von seiner Nacht, vom Streit und seinem Aufbruch, und dann sprach er von Paris.

»Ich dachte, du wolltest mich mit nach Damaskus nehmen, Guéo ...«

Mit seinen eiskalten Händen umklammert er meine Finger und sagt:

»Wir werden kein Liebespaar mehr sein, Alba. Ich muss hier bleiben bis zum Schluss, eines Tages wirst du das verstehen. Du musst ohne mich fahren.«

Er ringt sich ein müdes Lächeln ab.

»Du wirst schon sehen, Alba, das wird viel spannender. Ich freu mich schon darauf. Ich werde immer für dich da sein, glaub mir, alles wird gut.«

Betont munter setzt er hinzu: »Alba, mach doch nicht so ein Gesicht. Es ist viel besser so, glaub mir. In Paris treffen wir uns dann zum Abendessen auf Französisch.«

Ich habe es getan. Habe eingewilligt.

Ein »Ja« aus Feigheit und Angst, der verheerenden Angst, dass es möglicherweise keine Zukunft mehr geben wird.

Wir alle taten, was er beschlossen hatte. Genau wie er es wollte, haargenau so. Niemand, weder die nette Generalstochter noch seine Söhne oder ich, hatte das Schweigen gehört, das bereits aus sämtlichen Abschiedsglocken hallte. Wir nippten an dem Sirup, den uns die unter den Felsen der sichtbaren Dinge versteckten Aale reichten, ein Sirup, der sich in uns ausbreitete wie das Licht auf der Netzhaut eines Blinden. Wir akzeptierten alle Kompromisse.

Guéo und ich beendeten unsere Liebesbeziehung, die Momente nur für uns. Wir gaben sie auf, die offene See, und stiegen wenige Monate später in den Zug nach Paris.

»Zukunft«, ein Wort, das seine Richtung ändern kann. Es hatte in Guéo nachgeklungen wie das Geräusch eines Fallbeils. Kein lebender Zeuge kehrt je aus der Zukunft zurück, das hast du mir beigebracht, Guéo.

Stand er bereits mit dem Rücken zur Wand und konnte keinen Ausgang mehr finden? Welchen bereits abgeschossenen Pfeil versuchte er noch abzuwehren?

Guéo hatte keinem Zwang gehorcht, er hatte die Welt der Zwänge schon verlassen. Er war unter den Schlägen der verweigerten Zukunft zusammengebrochen. Mit dem fünften

Umschlag in der Hand bestieg er den Zug, seinen geliebten Sohn neben sich, ich, seine Alba, mit hängenden Schultern den beiden gegenüber im Abteil.

In Guéo lief bereits alles anders. Aber weder ich noch sonst irgendjemand wollte es damals sehen. Unaufhaltsam sank das Schiff seiner Kämpfe. Die Mauern zersprangen. Auch die von der verratenen Zukunft langsam zersetzte Berliner Mauer fiel.

Nachdem er uns in Paris abgesetzt hatte, kehrte Guéo nach Sofia zurück. Ein paar Monate später brach das kommunistische Regime zusammen. Die Stockwerke wurden vertauscht. Ohne Vorwarnung ließ Guéo mich endgültig im Stich. Er hatte jede andere Möglichkeit aufgegeben. Hatte unsere Wohnung verlassen, ohne die Musik anzuhalten.

Baute er auf die unerschöpfliche Unkenntnis, die ans Leben fesselt? Wie konnte er sich so sicher sein? Wie konnte er wissen, dass ich das Geräusch des Lebens nicht aufgeben würde? Was wusste er von mir, das ich selbst derart verkannte?

Die Berliner Mauer war gerade gefallen, aber Handys gab es noch nicht. Der Adlige aus der Normandie hatte eines Mittags unangekündigt bei mir zu Hause angerufen. Das tat der »Onkel« sonst nie. Doch an jenem Tag in Paris, wenige Tage vor dem verabredeten ersten Abendessen auf Französisch, rief er mich an.

Eifrig bemühte ich mich um die richtigen Zeitformen. Befasste mich mit den vielen Zeiten der Vergangenheit, den einfachen und zusammengesetzten, den unvollendeten und vollendeten, mit der Zukunft und der bereits vollendeten Zukunft. Regelmäßige und unregelmäßige Verben liefen vor mir ab. Ich speicherte ihre Bedeutungen, ihre Akzente und Klänge, wie bei unserem Spiel damals, als wir fröhlich unsere Wörter auf Zettel schrieben.

Ich übte Gespräche, freie Unterhaltungen, ganze Abendessen auf Französisch mit Guéo. Sogar kleine lächerliche Gedichte verfasste ich für ihn:

Warten, um zu verstehen,
doch warum warten.
Meine Beine zittern.
Reglose Toppnants,
In den Straßen von Paris erwart ich deine Zeichen.
Hätte dir unglaublich sein können,
Bin dir unglaubwürdig …

*

Der Richtherr gekreuzigt auf dem Meeresgrund,
Von den Wellen überrollte Klapperschlange.
Das Meer entfesselt.
Schau! Unsere Tage kommen …

*

Ich trage mein durchsichtiges Kleid
Gehe über die Böschung zur Straße.
Begännst du bei den Füßen,
versprech ich dir, wär ich da …

Ich nahm seine Fragen vorweg, seine Wortspiele, versuchte zu erraten, wie er Französisch sprach. Ich hatte Angst, dass er schlecht sprechen würde, hoffte, er könnte es. Ich lernte an dem Tisch in meinem kleinen Zimmer hinten in der Wohnung im fünfzehnten Arrondissement bei Madame Cottin. Diese gute Seele, die am Ende meinen Kummer als Miete entgegennahm und, wie früher, wiederholte: »Das wird schon wieder, iss doch ein bisschen, trink diese Suppe.«

An diesem unendlich trüben Mittag wiederholte der treue Freund, der adlige »Onkel« am anderen Ende der Leitung alles auf Englisch, die französischen Verben in ihren englischen Kleidern, um sicherzugehen, dass ich verstand: »Er hat sich umgebracht«, *»He killed himself«*, »Heute Nacht, in seinem Arbeitszimmer in seiner Wohnung in Sofia«, *»This night, at his place, at Sofia«, »he killed himself«, »he is not coming, he will never come«*, »er kommt nicht, er wird nie mehr kommen, er hat sich umgebracht.«

Ich habe mich aller Sprachen entleert, kein Wort mehr, kein einziger Laut. Ein schweigend umherirrendes Gespenst. Egal was ich berühre, alles hat dieselbe Temperatur: ein kalter Wasserstrahl, das Bett, der Teppich, die Bücher.

Auch zum Weinen hatte ich keine Stimme. Das Schweigen breitete sich über die Zeit, die uns die Zigeuner lehrten, damals, als wir »die Zeit, das kleine Kind mit einem Aschespiegel in der Hand« sangen. Die beschnittene Zeit, unsere Zeit. In der wir, aneinandergeschmiegt, auf hoher See einen Leuchtturm mit freier Rundumsicht bewacht hatten. Unser zerzaustes Haar, die Augen zweier unterwegs gefesselter Tiere.

Dreieinhalb Jahre, fast vier – und dieser letzte Weg hinterließ mir nichts als Schweigen und verblassende Spuren.

Mein Blick reicht nur bis zum schwächsten Horizont, eine hauchdünne Linie. Tag für Tag legt die Zeit einen Gips über die Erinnerung und über die Lebensstücke, die sie schweigend mit sich reißt. Hinter dieser Baustelle, unter den Gerüsten, geht bis zur Vernichtung ein Leben weiter.

Guéos Sohn, der mit mir nach Paris gekommen war, zog aus Frankreich wieder zu seiner Mutter. Er presst seinen Kiefer zusammen, wie Christo und Guéo, wie all seine Söhne. Er lebte eine Zeitlang in der Normandie in einem der Schlösser des adligen Freundes und bekam dort mit seiner schönen Frau ein zweites Kind, ein weiteres Mädchen. Sie waren eine Weile glücklich und trennten sich dann. Ich erfuhr nichts mehr von ihnen, ein paar Fotos noch im Schloss des »Onkels«. Man sieht uns, wie wir Kaninchen streicheln und durch die farblose normannische Landschaft mit ihren akkuraten Alleen reiten.

Er lohnte sich, der Anblick der netten Generalstochter, ein Jahr nach dem Fall der Mauer. Sie hatte alles geplant, absolut alles, außer dem fünften Umschlag. Und außer dem rapiden Zusammenbruch der bereits angeknacksten und dann im Eiltempo überrannten Mauer. Sobald Guéo tot, der Kommunismus vernichtet und der Oberbefehlshaber der Landstreitkräfte ohne Sowjetunion war, kam sie mit ihrem Koffer nach Paris. Sie machte dem adligen Freund einen Heiratsantrag. Sie kroch auf dem Boden, flehte um Gnade, beschwor die Erinnerung an Guéo, betete zum Himmel, gelobte Rache und versprach abzunehmen … Ich sah sie und schaute sie an, während mein Blut gerann. Vergeblich suchte die nette Generalstochter nach der kleinen Peitsche, die sie am Galoppieren hielt. Ob sie im Irrenhaus endete? Irgendjemand, der polyglotte Diplomat oder vielleicht der adlige Freund, hatte mir gesagt, sie sei mit ihren Söhnen wieder nach Moskau gezogen. Vielleicht lebt sie immer noch dort.

Die Welt hatte die Zügel über die Ideen wieder in die Hand genommen und begrub den noch warmen Leichnam des Kommunismus. In Kirchen, Moscheen und Synagogen wurden seine sterblichen Überreste feierlich beigesetzt, an allen Enden der Welt wollte man ihm an den Kragen. Der geheimnisvolle Dirigent unserer Zeit hatte seinen Taktstock wiedergefunden, und in einem mörderischen Staccatissimo zerhackte er hektisch die Minuten unserer durchgeplanten Leben.

Die Härte drang in mich ein, nahm Platz, breitete sich aus und fühlte sich zu Hause. Die Barke schlingerte im Rhythmus der Trommeln, »marschier oder krepier«. Ich marschierte und schlingerte, versuchte mich aufrecht zu halten, als wäre das von Bedeutung. Ich lernte und lerne immer noch, um nichts mehr zu wissen und alles zu vergessen: Das ist meine Form der Elektroschocks.

Der Hass hat meine Venen nicht erreicht. Er versucht, die stagnierenden Tränen zu umgehen, ertrinkt aber bei jedem neuen Versuch. Mein Junge trägt unter allen Vornamen den seinen, aber meine Tränen bleiben tief in mir. Unmittelbar ertränken sie jede Verzweiflung, vertreiben den Hass. Auch ich vermag immer noch nicht, darin zu schwimmen.

Ich brauchte Jahre, bevor ich wieder einen Zug nehmen oder über den Balkan fliegen konnte. Ich stieg nie auf die Fähre nach Odessa, und setzte keinen Fuß je nach Siebenbürgen, um die besten Zigeunerlieder zu hören. Ich unternahm keine der Reisen, die wir geplant hatten. Weder die Strände von Warna noch die Straßen ohne unsere zahnlosen, vertriebenen und geschlagenen Zigeuner sah ich je wieder.

Jahrelang arbeitete ich in einem Büro der Pariser Assemblée Nationale.

Auf meiner Visitenkarte stand »Beauftragte für Russland und die MOEL-Staaten[8]*«, Abkürzungen waren beliebt. Es hieß zwar »Was wird aus Russland?«, aber man hatte Mühe, die Nationalflaggen der neuen Balkanländer überhaupt aufzutreiben. »Wir müssen den Mut haben, darüber zu sprechen!«, tönte es in hitzigen Debatten. Der Mut der Schönredner – in den Gängen des Parlaments jedoch herrschte Unruhe. Alle hatten etwas zu sagen und einzuwenden. Und waren die Mikrofone erst einmal ausgestellt, entspannte man sich: »Na, hier in so kleiner Runde können wir uns das sicher erlauben. Genau betrachtet, ist doch die russische KGB-Schule nichts anderes als deren Eliteschmiede für Führungskräfte. So etwas wie deren ENA«, und es wurde gelacht, wie damals im Sanatorium.*

Putin verschärfte den Ton und schürte wieder alte Ängste. Die westliche Welt und die kleine Pariser Gesellschaft waren vom Auftreten des ehemaligen KGBlers verunsichert. Seine Zugehörigkeit zu Guéos Schule und einem ungeheuer ausgedehnten Netzwerk gab zu allen möglichen Kommentaren und Spekulationen Anlass. Manche sahen schon, wie neue Gulags geplant wurden, andere erhofften sich eine gewisse Stabilität nach den unruhigen Jahren. Waren sie in Paris unter sich, hieß es: »Das führungslose Schiff des großen Russlands wird nun endlich wieder bestimmen, wo's langgeht.« Doch eine wiederkehrende Frage lähmte sie: »Glauben Sie, dass Putins KGB-Vergangenheit der Demokratie gefährlich wird?«

Wenn Guéos alte Griechen wüssten, was wir aus ihrer Demokratie gemacht haben, würden sie ihren Ohren nicht trauen. Sie wären vom Donner gerührt, wenn sie sähen, wie der demos *gegen den* Trust *eingetauscht wird, die Güter zum* Gut *mutieren, wie* Freiheit *in* Markt *umgetauft und das quantifizierbare* Glück

8 Abkürzung für mittel- und osteuropäische Länder

als Aggregat des Bruttosozialprodukts *verrechnet wird, wie jederzeit monetarisierbare Freuden angeboten werden und man die minutengenaue* Zeit *in* Zinsquoten *misst.*

Doch mein endgültiger Aufbruch wurde durch eine einfache Ausstellung veranlasst. Ein letzter Zug dorthin, wo es keinen Winter, keine Zigeuner, keine grüne Landschaft gibt. Im Aufbranden ferner und naher Zufälle nimmt alles Form an. Eine Messe in Paris mit dem drolligen Namen Internationale Messe für zeitgenössische Kunst *beschleunigte meinen Aufbruch an den entlegensten Punkt.*

Das Zeitgenössische offenbarte sich mir wie Abertausende von Tagen, die wie kleine Striche auf dem Lineal eines Schulkindes eingetragen sind. Kleine Striche, die manchmal von Form-, Farb- und Materialknäueln aufhüpften, die sich mit der Zeit ineinander verhedderten.

Jahrelang fand diese Messe in Zelten statt. Ein reizvoller kultureller Biwak, sogar die Kommunisten hatten sich das nicht getraut. Vorgefertigte, humorlose und brave Zelte ohne jede Überraschung, kein kleines bisschen verrückt. Ich hatte geglaubt, in Paris würden sie sich exzentrische Erfinder leisten, die mit Formen spielten und Räume verzerrten. Ich malte mir aus, die Zelte wären angeordnet wie ein Möbiusband, ein unendlicher Rundweg, das aufkeimende Risiko eines neuen Raums.

Auch die Zeit der Weltausstellungen scheint vorbei. Schon stehen »das Internationale und Zeitgenössische« auf der Liste für das Krematorium des Unmittelbaren. Wie im ausgehenden Kommunismus werden auch in Paris bei Feierlichkeiten schlichte, etwas abgestandene Melonenwürfel serviert. Da ist sie also wieder, die Messe zurück im Palast.

In den Zelten wäre es womöglich nicht so schwer gewesen. Zelte ersetzen schließlich nie ganz die Strenge von Wänden. Im Zelt besteht immer die Möglichkeit von Bewegung. Auch in den Gängen des Museums werden kleine Melonenwürfel gereicht, allerdings zwischen unverrückbaren festen Wänden. Es hat mich kalt erwischt.

Ich ging an den Wänden entlang, als plötzlich meine Beine nachgaben. Mein linkes Bein litt wieder unter seiner früheren Amnesie. Es geschah vor einem großen Gemälde, das an einer weißen Wand hing, die von anderen weißen Wänden umgebene weiße Wand einer Galerie, deren Name mir entfallen ist. Ich hätte problemlos einfach weitergehen, mich nicht umdrehen können. Es waren so viele Leute da, dass ich es leicht hätte übersehen können. Aber ich drehte mich um und sah auf einem Gemälde die Skizze meiner Guéo-Nacktheit.

Und dort stand er, der Maler, für den ich vor Lichtjahren posiert hatte, der auf mein Drängen hin das verteufelte Bild gemalt hatte – stand mir im Stimmengewirr der Gänge auf einmal höchstpersönlich gegenüber. Er erkannte mich. Sprach mich an. Lächelte und erklärte, dass er die Skizzen behalten, sie in anderen Gemälden verarbeitet und für verschiedene Kompositionen verwendet habe … Es war ihm unangenehm, als er sah, wie mein Gesicht sich auflöste. Er brachte mir ein Glas Wasser, setzte mich auf einen Stuhl und lud mich ein, ihn im kommenden Monat in New York zu besuchen, sobald ich Zeit hätte, jederzeit, denn er lebte und arbeitete nun dort. Er will mir die Skizzen schicken, will sie mir schenken. Er will mir sein Atelier zeigen, so ganz anders als seine enge kleine Wohnung, in der ich ihm damals in meiner schutzlosen Nacktheit Modell gestanden hatte.

Ich hinke immer noch ein bisschen. Meine linke Pobacke sitzt niedriger als die rechte, sie hat es nie wieder an ihren ursprüng-

lichen Platz geschafft. Auf dem Enzephalogramm sind ein paar bleibende Schäden zu sehen, es fehlt eine Kurve: laut Untersuchungsbericht die Alpha-Kurve. Ich weiß nicht, was sie anzeigen soll, bin nicht mehr hingegangen und will es auch gar nicht wissen, aber immer wieder schwappt eine »Alpha-Welle« an die Oberfläche von »Alba«. Niemand hat mir je wieder diesen Namen ins Ohr geflüstert, ich hätte ihn umgebracht.

Vor meiner Abreise atme ich den Geruch der Metroeingänge ein. Jedes Mal versteckte ich für meine Rückkehr eine Haarspange in einer Ecke meiner Wohnung. Als Zeugin meiner Anwesenheit. Und jedes Mal wenn ich zurückkomme, kontrollierte ich, dass sie niemand weggenommen hat. Hier liegt die Haarspange in meiner Hand.

Meine Füße tauchen in das kristallklare Wasser der Maskarenen. Kein Vergleich zu unserem, dem Schwarzmeer. Seine Gerüche sind anderen Ursprungs. Drinnen erklingt Beethoven. Guéo ruht sich aus.

Eine alte, im Untergeschoss der Erinnerung verschlossene Freude wird hier wieder wach. Unsere Musik weiß nichts von den Strichen der Zeichnung, ihren Befehlen, Zeichen und Abgründen. Die Melodie unserer Lieder ist im Kerker meiner Lungen gefangen. Konturlos, end- und richtungslos. Guéo lacht über mich.

Hier geht die Sonne nicht unter, sie fällt. Mein Körper auf dem Sand hüllt sich in Schokoladenfarben. Stets schwebt ein leichter Singsang in der Stille, ein von namenlosen Vögeln geträllertes Wiegenlied.

Hier regnet es nicht, hier entleert der Regen all sein Wasser. Nachts rascheln nur die Zweige der Bäume und erzählen flüsternd ihre Geschichten. Hier ähneln die Luxushotels unserem Politbüro-Sanatorium. Verwöhneinheiten im Minutentakt. Guéo geht durch den Sand.

Am Strand reinigt man unsere Sonnenbrillen mit Sprühflaschen, die nach Dill duften. Abends wird eine weiße Decke aufgelegt, über die Kerzen sind Glaskugeln gestülpt, in denen die Lichter in der leichten Brise flackern. Hier haben sie zum Warmhalten des Essens dieselben Glocken wie in unserem alten Regierungskrankenhaus. Unsere ersten Rachmaninow-Glocken. Manchmal sehe ich, wie sich der Mond während des Essens in ihnen spiegelt.

Mit dem ersten Licht frühmorgens erfüllt die Luft die Lungen mit weißen Wolken. Je nach Laune des Winds zerfließen Orange- und Rosatöne am Horizont. Guéo singt.

Ich habe gekämpft, Geliebter. Mich festgeklammert so gut ich konnte, mit blutigen Fingernägeln, die Füße fest auf dem Boden, den Nektar des Verlangens auf der Stirn. Ich habe mich festgekrallt. Habe bedeutende und unbedeutende Menschen erlebt, Entscheidungsträger und Sklaven, habe an ihnen das Menschliche gefeiert und geatmet, von dem ich nie genug bekommen kann. Nun singe ich nicht mehr auf Zigeunerisch, ich esse Chouquettes, kleine Windbeutel ohne Crèmefüllung.

Ich habe sämtliche Tänze getanzt, geliebter Gatte. Nun will ich die Nacktheit nur noch gesungen sehen. Will nicht mehr Tausende von Kilometern zurücklegen, immer größere Tonnen der Unkenntnis verschlingen. Heute Morgen habe ich den Umschlag geöffnet. Manche suchen noch immer nach ihm. Es ist dein Gutachten über die erneuerte Zukunft. Ich weiß nicht, wo ich ihn aufbewahren soll. Ich werde ihn einfach auf Französisch abschreiben, und du liest ihn mir heute Abend beim Essen vor. Sie hatten Recht, deine Griechen, es ist unmöglich, und doch …

Bald sehen wir uns wieder, in Paris.

Außerordentliche Vollversammlung des Zentralkomitees der Kommunistischen Partei am 16. November 1988

GUTACHTEN

Lieber Genosse Präsident,
liebe Genossen des Politbüros,
liebe Genossen des Zentralkomitees der Partei,
liebe Kollegen,

EINFÜHRUNG: Unser Land befindet sich in einer tiefen Krise. Die Lage ist ernst, auf allen Ebenen behindern Spannungen die Entwicklung unserer Gesellschaft.

Auf der im Juli abgehaltenen Vollversammlung wurde einstimmig beschlossen, aktiv für die unter der Leitung des Genossen Gorbatschow in Russland begonnenen Reformen von Glasnost und Perestroïka einzutreten.

Im Hinblick darauf wurden viele von uns beauftragt, konkrete Vorschläge für die Umsetzung der Reform in unserem Land auszuarbeiten. Ich werde mich kurz fassen. Wir stehen vor einer historischen Entscheidung, denn wir müssen die Richtung für einen radikalen Wandel bestimmen.

Bevor ich die drei Vorschläge des vorliegenden Berichts erläutere, lassen Sie mich bitte einige Elemente für die Analyse der folgenden Frage darlegen:

Kann das Kollektiveigentum an den Produktionsmitteln unter den neuen Bedingungen der Perestroika wirtschaftlich effizient sein?

Bei unseren Vorbereitungstreffen waren viele von Euch der Überzeugung, dass im nächsten Schritt marktbestimmte und finanzielle Kriterien angewendet werden müssen, um die wirtschaftlichen Prioriäten zu definieren und die Planwirtschaft zu verbessern.

Ich bin mit dieser These einverstanden.

Doch viele von Euch glauben, dass eine solche Anwendung schlicht die Einführung der Marktwirtschaft und eine Privatisierung der Schlüsselindustrien bedeutet.

Möglicherweise erwarten diejenigen, die mich mit dem vorliegenden Gutachten beauftragt haben, dass meine Vorschläge diese Richtung aufgreifen. Ich bin jedoch der Ansicht, dass diese Richtung in die Irre führt.

Mein Standpunkt lautet:

Wir brauchen keine Rückkehr zur Marktwirtschaft. Sie wäre ein Rückschritt, kein Fortschritt.

Die Arbeit an dem vorliegenden Gutachten hat mir Folgendes gezeigt: Das Kollektiveigentum an den Produktionsmitteln ist nicht der Auslöser für die wirtschaftliche Ineffizienz.

Ebensowenig ist der Auslöser die schlechte Planwirtschaft der beiden letzten Fünfjahrespläne, auch wenn die in diesem Zeitraum begangenen Fehler schwere Folgen für das reale Wachstum unserer Wirtschaft haben.

Genossen,

Mein Fazit ist ein anderes: Der eigentliche Grund für die katastrophale Situation ist die systematische Plünderung unserer kollektivistischen Wirtschaft durch private Interessen.

Es muss deutlich gesagt werden: Der Westen stellt für unsere Entwicklung keine permanente Bedrohung mehr dar. Er steckt bereits selbst in einer tiefen Wirtschaftskrise, die von ebenjenen Märkten ausgelöst wird, die viele von Euch bei uns einführen wollen. Darin besteht die eigentliche Bedrohung!

Die westlichen, aber heute auch die östlichen Länder, stehen unter dem massiven Druck privater Interessen. Das politische Handeln unterliegt der Diktatur der Märkte. Das geplünderte Kapital fließt in dieselben Netzwerke der Finanzunternehmen, die im Hintergrund die Fäden der westlichen Wirtschaften ziehen – dieses Phänomen betrifft auch unsere Wirtschaft und Politik.

Mein Fazit mag vielleicht beleidigend wirken, aber wenn wir ganz ehrlich sein wollen, müssen wir uns Folgendes eingestehen:

Schon lange gibt es nicht mehr viele Kommunisten in unseren Reihen. Viele von uns sind seit Jahren verhinderte Kapitalisten.

Sie setzen sich dafür ein, dass sich unsere Wirtschaft der Marktwirtschaft öffnet und Unternehmen mit überschüssiger Liquidität privatisiert werden. Sie versuchen uns mit allen Mitteln davon zu überzeugen, dass wir keine andere Wahl haben!

Doch hinter diesen Argumenten stehen ebenso wie hinter der verstärkten Privatisierungs-Propaganda private Interessen. Dieselben Personen, die jahrelang im Hintergrund unsere Wirtschaft geplündert haben, kämpfen nun für Reformen, die ihre persönlichen Gewinne nachträglich legalisieren.

Diese Leute arbeiten seit über 20 Jahren mit den Methoden der Marktwirtschaft. Sie stützen sich auf ihre einflussreichen Positionen und nutzen die Bedingungen der Zentralverwaltungswirtschaft aus.

Genossen,

Unter den Bedingungen der Perestroika haben unsere Entscheidungen ein großes Gewicht. Aus diesem Grund müssen wir uns vor einem Richtungswechsel eine grundsätzliche Frage stellen:

Wessen Interessen wollen wir heute mit den neuen Reformen verteidigen?

Wir stehen an einem historischen Scheideweg. Wir müssen entscheiden, welche Gesellschaft wir weiter aufbauen wollen und was wir den kommenden Generationen hinterlassen.

Hier nun meine Vorschläge:

ERSTENS: Die Plünderungen müssen unverzüglich enden. Die konkreten Fakten, die während der Erstellung des vorliegenden Gutachtens gesammelt wurden, beweisen unzweifelhaft die reale Existenz eines organisierten Systems der Kapitalflucht in den Sektoren Elektronik, Maschinenbau, Rüstung und Chemie: dieselben Unternehmen, die von den Verfechtern der Marktwirtschaft als Erstes privatisiert werden sollen. Über die Existenz eines Systems der doppelten Buchführung in diesen Unternehmen kann kein Zweifel bestehen.

Die offiziellen Erträge werden vor der Volkswirtschaftlichen Gesamtrechnung systematisch als Verluste deklariert, während sich die Umsätze und tatsächlichen Verkäufe auf das Doppelte bis Dreifache der in der Buchführung angegebenen Zahlen belaufen.

Wo steckt also das Überschusskapital?

Es ist bekannt, dass seit Beginn der 70er Jahre illegale Bankkonten bei der City Banque, der Banque de Genève oder anderen Geldinstituten eröffnet wurden.

Für diejenigen, die Zweifel an den Fakten des vorliegenden Gutachtens haben, füge ich als **Anhang Nr. 1 die voll-**

ständige Liste der illegalen Konten und die Adressen der betreffenden Kreditinstitute an.

Es gibt Mittel, dieses für den Wohlstand unseres Volkes schädliche System zu stoppen. Es darf nicht mehr sein, dass »nach oben« falsche Informationen durchgegeben und »nach unten« finanzielle Belohnungen verteilt werden, um das Schweigen der Mitwisser zu erkaufen.

Unter den neuen Bedingungen von Glasnost und Perestroika schlage ich vor, die Liste der illegalen Konten in der Parteizeitschrift *Rabotnichesko Delo* offiziell zu veröffentlichen.

Die Arbeiter, die tagtäglich in den geplünderten Unternehmen arbeiten, müssen die Wahrheit erfahren. Um das Vertrauen in die Partei wiederherzustellen, muss sich das Zentralkomitee entschieden von den Plünderungen distanzieren und auf die Veröffentlichung jener Liste dringen. Das ist ein Beweis unserer Integrität und ein starkes Zeichen für eine tatsächliche Veränderung. Wir müssen diese Veruntreuungen rücksichtslos verurteilen, umso mehr, als ihre Urheber hier unter uns in diesem Saal sitzen.

ZWEITENS: Sie werden verstehen, dass die Verzweigungen der Veruntreuungen und Missbräuche nicht alle unmittelbar aufgedeckt werden können, dafür ist mehr Zeit erforderlich. Doch es gilt, sofort die Blutung zu stoppen und das Geschwür der »Schattenwirtschaft«, das von »oben« kapitalistische Befehle empfängt und unsere gesamte Wirtschaft zerstört, in den Griff zu bekommen.

Ich rege die Einberufung einer Spezialkommission innerhalb des Zentralkomitees an, die eine Untersuchung zu den Veruntreuungen durchführt und die illegalen Konten beschlagnahmen lässt.

Die Geheimdienste sind stark in diese Vorkommnisse verwickelt und sollten von der Untersuchung ferngehalten werden. Die Namen der Mitglieder des Ausschusses müssen »absolut geheim« bleiben. Erst unter diesen Voraussetzungen kann die Arbeit des Ausschusses überhaupt aufgenommen werden.

Das ist der Preis, den wir zahlen müssen, um das Ansehen von Staat und Partei zu retten.

Aus diesem Grund scheint es mir unerlässlich, dass die geplante Beschlagnahmung der Konten und die Veröffentlichung dieser Entscheidung auf den Vorschlag des Politbüros hin und mit der einstimmigen Genehmigung des Zentralkomitees erfolgen. Die Durchführungsverordnung zur Beschlagnahmung der Konten muss von Ihnen persönlich, Genosse Präsident Ziwkow, unterzeichnet werden.

Die Partei muss sich öffentlich für ihre Nachlässigkeit entschuldigen und sich verpflichten, in Zukunft jede Veruntreuung bloßzustellen, die Konten zu säubern und die wahren Inhaber zu bestrafen.

Die veruntreuten Summen müssen den Unternehmen zurückerstattet und massiv rückinvestiert werden. Die Arbeiter in diesen Unternehmen müssen für die tatsächlichen Erträge, die sie in all den Jahren erwirtschaftet haben, finanziell entschädigt werden.

Als Anhang Nr. 2 füge ich die Liste der Unternehmen an, in denen eine doppelte Buchführung und systematische Veruntreuungen bereits erwiesen sind.

Genossen,

Nur eine entschlossene Reaktion unsererseits kann die Rolle des Staats und die Führungsposition unserer Partei unter den neuen Reformbedingungen konsolidieren.

Die Provokationen und Angriffe auf unsere Regierung sowie die Klagen über die schlechten wirtschaftlichen Lebensbedingungen der Bevölkerung können drastisch reduziert werden. Das würde auch die Arbeit unserer Parteigesandten im ganzen Land erleichtern und ihre Argumente stärken.

Die Entscheidung zur Beschlagnahmung sowie die nachfolgende Rückerstattung der veruntreuten Gelder wird später als historischer Beweis unserer politischen und staatlichen Reife gelten. Heute ist sie lebenswichtig, damit Staat und Partei ihre führende Rolle vor dem Volk erfüllen und nicht zuletzt beweisen können, dass auf allen Ebenen, einschließlich der höchsten Ebene der Machtausübung, Spekulationen und Betrug entschlossen bekämpft werden sollen.

Genossen,

Wir dürfen uns nichts vormachen: Ohne eine radikale Reaktion unsererseits wird der Prozess der Perestroïka in eine anhaltende und nicht mehr rückgängig zu machende Destabilisierung münden, die zu einer endgültigen Zerstörung der sozialistischen Regierungen führen kann.

DRITTENS: Dieses Risiko ist durchaus real, und viele von Euch teilen meine Ansicht. Ich bin überzeugt, dass die Reform des Sozialismus uns eine vollständig neue Art zu denken und zu arbeiten abverlangt.

Heute stehen wir vor einer schweren politischen Hypothek: unser politisches Prinzip der Zentralverwaltung und unser absolutes Machtmonopol.

Dieses System ist endgültig überholt. Die Beteiligung professioneller Politiker reicht nicht mehr: Wir sind heute auf alle beruflichen Kompetenzen angewiesen. Wir brauchen eine wirtschaftliche Erneuerung, aber vor allem eine politische Erneuerung in der Machtausübung.

Was genau verstehe ich unter »allen beruflichen Kompetenzen«?

Wir müssen die gesamte Bevölkerung mobilisieren und konkrete Maßnahmen im Hinblick auf unser demokratisches politisches System ergreifen.

Im Gegensatz zu vielen anderen Ländern des Ostblocks wie Polen, Ungarn oder die Deutsche Demokratische Republik, in denen das Vertrauen in die Partei stark erschüttert ist, hat sich dieses Vertrauen bei uns bisher erhalten. Wir dürfen nach wie vor auf eine breite Unterstützung durch die Bevölkerung zählen. Noch können wir auf die solide Stellung der Partei bauen, um ein neues System der erweiterten politischen Macht auf den Weg zu bringen.

Wir müssen das Machtmonopol abschaffen und mithilfe eines neuen politischen Systems die Kontrollausübung öffnen: Dafür brauchen wir »freie Stimmzettel«.

Um das aktuelle politische Monopol zu beenden, können wir die parlamentarischen Funktionen über ein willkürliches Wahlverfahren besetzen. Diese Idee stammt nicht von mir, sondern von den Vätern der Demokratie im antiken Griechenland.

Ich möchte, dass mich alle richtig verstehen. Der freie Stimmzettel überlässt jedem Wähler die Entscheidung, einen professionellen Politiker oder einen beliebigen Bürger zu wählen. Das Prinzip lässt sich ganz einfach anwenden, der Prozentsatz der freien Stimmzettel bestimmt die Anzahl der Sitze der sogenannten »Bürger-Abgeordneten« im Parlament. Sie werden unter allen wahlberechtigten Bürgern des Landes ausgelost. Jeder Bürger kann nur jeweils ein Mandat als Bürger-Abgeordneter wahrnehmen, sein Name wird bei den darauffolgenden Wahlen von der Liste der Auszulosenden gestrichen.

Ich höre schon einige von Euch sagen: Aber die Entscheidungen des Staates sind doch kein Zufallsspiel … die Politik ist nichts für die Allgemeinheit …

Doch, Genossen, die Politik ist für die Allgemeinheit, sie ist für alle da, denn sie regelt unser Zusammenleben!

Die Kommunistische Partei wird die politische Führung behalten, aber der Gesamtheit der Bevölkerung eine Beteiligung an der Legislative ermöglichen. So wird das Feudalsystem abgeschafft, in dem die Stimme der Wähler untergeht. Das eklatante Gefälle zwischen der Macht und dem wählenden Volk verschwindet.

Der freie Stimmzettel wird einen neuen Blick der Bürger auf die Macht bewirken, an der nun alle als konkrete Akteure beteiligt sind. Das wiederum wird die Arbeit der professionellen politischen Führungskräfte verbessern und erleichtern. Ihre Bemühungen werden von der Bevölkerung sehr viel stärker gewürdigt, und das Bewusstsein wird auf sämtlichen Ebenen der Gesellschaft weiter wachsen. Dabei handelt es sich um einen revolutionären Prozess in unserer gegenwärtigen Geschichte, dem viele andere Länder folgen können.

Das internationale Ansehen unseres Landes wird gestärkt daraus hervorgehen.

Wir müssen verstehen, dass ein demokratisches Vorgehen seitens der Partei unbestritten unsere politische Reife unter Beweis stellt, aber auch unsere Fähigkeit, nach dem Vorbild unserer Gründungsgenossen einen historischen Präzedenzfall zu schaffen.

Als Anhang Nr. 3 figuriert der detaillierte Text der politischen Reform für die Einführung des freien Stimmzettels.

FAZIT:

Genossen,

Nur eine radikale Reform kann sich heute für die Interessen des Sozialismus und seine Entwicklung stark machen.

Abschließend möchte ich an das erinnern, was gerade bei unseren Nachbarn in der Republik Jugoslawien geschieht. Wofür haben sich unsere jugoslawischen Genossen entschieden? Für die Privatinteressen. Sie haben das staatliche Monopol über die Wirtschaft abgeschafft und das politische Monopol der bestehenden Macht gestärkt. Die privaten Gewinne haben über das öffentliche Interesse gesiegt. Nun gehen sie, einem Bandenkrieg innerhalb der Zentralmacht ausgesetzt, der Katastrophe entgegen. Die gesamte Bevölkerung wird den Preis dafür zahlen müssen.

Wir sollten die entsprechenden Folgerungen daraus ziehen und heute entscheiden, welche Ziele wir haben: Wollen wir den Weg zu einer entwickelten kommunistischen Gesellschaft einschlagen, oder schlicht für unsere schon seit Jahren bestehenden Privatinteressen und persönlichen Ambitionen weiterkämpfen?

Die Entscheidung für die Privatisierung ist ein Rückschritt. Eine solche Entscheidung, die ausschließlich für private Interessen eintritt, bedeutet die endgültige Zerstörung der kollektivistischen Gesellschaften durch die Marktwirtschaft.

Wir müssen das Kollektiveigentum an den Produktionsmitteln erhalten und unser politisches System stärken. Dieser Weg, den manche den »dritten« nennen, ist der richtige Weg in die Zukunft.

Genossen,

Es gibt ihn, den Weg des kollektiven Wohlstands!

Er verlangt viel von uns allen, die wir in diesem Saal versammelt sind.

Dieser »Dritte Weg« verlangt von uns, dass wir auf das Monopol unserer Macht verzichten und die persönliche Bereicherung derjenigen, die unsere Ideale verraten haben, verurteilen. Der Kampf um den sozialen Fortschritt der gesamten Gesellschaft muss fortgeführt werden!

Wenn wir uns heute zu unserer wirtschaftlichen und politischen Verantwortung bekennen und beschließen, dem Parlament seine Verwurzelung im Volk zurückzugeben, dann wird dieser heutige Tag einmal ein historischer sein.

16. November 1988

Französischsprachige Literatur bei Wagenbach

Irina Teodorescu
Der Fluch des schnauzbärtigen Banditen Roman
Wer sich auf unlautere Weise bereichert, muss mit Konsequenzen rechnen … Das hat der Urahn der Marinescus jedoch nicht bedacht, und so liegt seit seiner Untat auf der ganzen Sippe der böse Fluch des schnauzbärtigen Banditen. Eine galoppierende rumänische Familiensaga.
Aus dem Französischen von Birgit Leib. Quart*buch*, Klappenbroschur, 144 Seiten

Saphia Azzeddine *Mein Vater ist Putzfrau* Roman
Was tut ein vierzehnjähriger Pariser Vorstadtjunge aus prekären Verhältnissen abends in der Bibliothek? Er hilft seinem Vater, der den Lebensunterhalt der Familie als Putzkraft verdient, und wischt Staub von den Büchern. Hin und wieder schlägt er eines auf, lernt neue Wörter und lacht sich kaputt.
Aus dem Französischen von Birgit Leib. Quart*buch*, Klappenbroschur, 128 Seiten

Tanguy Viel
Das Verschwinden des Jim Sullivan Ein amerikanischer Roman
Das Leben war schon mal netter zu Dwayne Koster, und so besieht er sich die Welt nun vorzugsweise von seinem Wagen aus und hört dabei Musik von Jim Sullivan. Dieses Buch ist eine hochkomische, Parodie ebenso wie eine Hommage an den amerikanischen Roman.
Aus dem Französischen von Hinrich Schmidt-Henkel. Quart*buch*,
Gebunden mit Schutzumschlag, 144 Seiten

Julia Deck *Winterdreieck* Roman
Mademoiselle will nicht mehr arbeiten. Mademoiselle hat Schulden. Das Leben wäre so viel einfacher unter einem neuen Namen. Den borgt sie sich aus, sie erschleicht sich eine neue Garderobe und kommt schließlich auf die günstigste Lösung: einen Mann!
Aus dem Französischen von Antje Peter. Quart*buch*, Gebunden mit Schutzumschlag, 144 Seiten

Französischsprachige Literatur bei Wagenbach

Arthur Larrue *Wojna* Roman

In diesem sprühenden Roman zeigt Arthur Larrue mit viel Komik ein ernstes Bild des heutigen Russlands, in dem sich mutige Künstler gegen die rigide Staatsmacht auflehnen.

Aus dem Französischen von Max Stadler. Quart*buch*, Klappenbroschur, 112 Seiten

Jacques Roubaud *Der Verwilderte Park* Erzählung

Die letzten Sommertage sind voller Licht und doch wird es kälter. »Jacques« hat seinen richtigen Vornamen abgelegt, Doras Pianisten-Onkel mag nicht mehr spielen, das Wasserbecken im Park ist leer. Ein zärtlicher Text über glückliche Tage und über das Warten.

Aus dem Französischen von Tobias Scheffel. Quart*buch*,
Gebunden mit Schutzumschlag, 128 Seiten

Julia Deck *Viviane Élisabeth Fauville* Roman

Ein Mord ist geschehen. Viviane Élisabeth Fauville sieht sich selbst, wie von fremder Hand geführt, durch Paris irren. Die Hinweise verdichten sich, sie bewegt sich auf schwankendem Terrain, es scheint nur eine Frage der Zeit. Dieser flirrende Roman zeigt eindrucksvoll, wie weit eine Frau zu gehen bereit ist, die alles verloren glaubt.

Aus dem Französischen von Anne Weber. WAT, 144 Seiten

Marguerite Duras *Der Schmerz* Roman

»Der Schmerz«, die Geschichte qualvollen Wartens, unmöglich gewordener Liebe, unaushaltbarer Erinnerungen. Ein widersprüchliches, radikales und schamloses Buch.

Aus dem Französischen von Eugen Helmlé. WAT, 208 Seiten

Die französische Originalausgabe erschien 2015 unter dem Titel *Nous dînerons en français* bei Galaade Éditions in Paris.

Dieses Buch erscheint im Rahmen des Förderprogramms des französischen Außenministeriums, vertreten durch die Kulturabteilung der Französischen Botschaft in Berlin.

Liberté • Égalité • Fraternité
RÉPUBLIQUE FRANÇAISE

AMBASSADE DE FRANCE
EN
REPUBLIQUE FEDERALE
D'ALLEMAGNE

BUREAU DU LIVRE

Emser Straße 40/41, 10719 Berlin
Umschlaggestaltung Julie August unter Verwendung einer Fotografie von Stefan Kästli, aufgenommen im Foyer des Sofia Hotel Balkan, A Luxury Collection Hotel, Bulgarien (2015). Gesetzt aus der Bell. Einband- und Vorsatzmaterial von peyer graphic, Leonberg. Gedruckt und gebunden bei Pustet, Regensburg. Printed in Germany.

ISBN: 978 3 8031 3277 2